U0949535

国学一本通

# 千家诗

宋·谢枋得　清·王　相◎选编　李　淼◎译注

吉林文史出版社

**图书在版编目（CIP）数据**

千家诗/(宋）谢枋得，(清）王相选编；李淼译注．-- 长春：吉林文史出版社，2011.10（2022.1重印）（国学一本通/徐潜主编）

ISBN 978-7-5472-0901-1

Ⅰ．①千… Ⅱ．①谢… ②王… ③李… Ⅲ．①古典诗歌－诗集－中国 Ⅳ．①I222.72

中国版本图书馆CIP数据核字(2011)第209220号

**国学一本通**

# 千家诗

**出版人/徐 潜**

出版发行/吉林出版集团 吉林文史出版社（长春市人民大街4646号）

www.jlws.com.cn

主编/徐 潜

选编/（宋）谢枋得 （明）王 相

译注/李 淼

项目负责/王尔立

责任编辑/王尔立 崔博华

责任校对/李洁华

装帧设计/李岩冰 董晓丽

印刷/北京一鑫印务有限责任公司

版次/2011年11月第1版 2022年1月第4次印刷

开本/720mm×1000mm 1/16

字数/280千字

印张/14

书号/ISBN 978-7-5472-0901-1

定价/55.00元

# 前言

《千家诗》是我国古代幼儿启蒙读物，和另三种读物《三字经》、《百家姓》、《千字文》一样有名，世称“三百千千”。

《千家诗》源远流长。最早可追溯到南宋诗人刘克庄的《分门纂类唐宋时贤千家诗选》。刘克庄号后村居士，故其书又名《后村千家诗》。全书共二十二卷，分时令、节候、气候、昼夜、百花、竹木、天文、地理、宫室、器用、音乐、禽兽、昆虫、人品十四个类目。所选诗皆为脍炙人口之作，当时流传甚广。后来宋代谢枋得参照《后村千家诗》体例编出新本《增补重订千家诗》，书中所选皆为七绝和七律。明代王相又编选注释《新镌五言千家诗》，书中所选皆为五绝和五律。以后，为便于阅读，人们将此二书合刊，总称之为《千家诗》，这就是现今社会上流行的版本。

《千家诗》所选诗歌多为唐宋时期的名家名篇，题材多样，内容丰富。诸如山水田园、送别赠友、思乡怀人、吊古伤今、咏物题画、侍宴应制，较为广泛地反映了唐宋时代的社会现实。且全为近体诗五七律绝，篇幅短小，语言优美，艺术性高，易学好懂，便于记诵，吟诵之余给人极大的美感享受，所以流传非常广泛，影响十分深远，和《唐诗三百首》一样，至今仍是最好的古诗选本。

这本绘图本《千家诗》和已出版的“国学一本通”《唐诗三百首》、《绝妙宋词》、《元曲三百首》体例一样，目标仍是力求精工。无论译、注、析，撰写时都坚持做到认真再认真。但限于学力和水平，很难尽如人意。不足之处，恳请读者不吝批评指正。

# 千家诗 目录

## 七言绝句

## 七言律诗

## 五言绝句

## 五言律诗

# 七言绝句

## 春日偶成[1] 程颢

云淡风轻近午天[2]，
傍花随柳过前川。
时人不识余心乐，
将谓偷闲学少年。

注释 <<<

①偶成：偶然写成。
②午天：正午。

### 译文

时当正午白云飘浮轻风拂面，
傍着花丛随着柳林来到河边。
当时的人不知道我心里多快乐，
可能会说我是偷闲学游逛少年。

### 题解

本诗为即兴而作的抒情诗，诗中以白描手法描绘了春天和煦秀美的景色，抒发了作者春游时怡然自得的快乐心情。风格平易自然，耐人寻味。

## 春日　朱熹

胜日寻芳泗水滨[①]，
无边光景一时新。
等闲识得东风面[②]，
万紫千红总是春。

注释

①泗水：河名，在山东。
②等闲：随便，不经意间。

### 译文

明媚的春日到泗水边踏青，
无限的风光景物焕然一新。
不经意间便领略春风风采神韵，
百花齐放万紫千红处处一片阳春。

### 题解

此诗为作者春日踏青即景之作。诗中描写了春风浩荡、百花齐放、万紫千红、焕然一新充满勃勃生机的春日美好风光，是一首动人的春天赞歌。

## 春宵　苏轼

春宵一刻值千金，
花有清香月有阴。
歌管楼台声细细，
秋千院落夜沉沉。

## 译文

春日良宵一刻价值千金，
花朵散发清香明月倒映倩影。
楼台上悠悠传出柔曼的歌声管乐，
深院中秋千空空夜色沉沉。

## 题解

这是一首状物抒情诗。全诗用比喻、夸张等手法，描写春夜清幽温馨秀美的景色，表现作者对美好春宵珍惜之情。构思新颖别致。

# 城东早春　杨巨源

注释 <<<

①上林：即上林苑，汉代著名的皇家苑林，此指唐长安花园。

诗家清景在新春，
绿柳才黄半未匀。
若待上林花似锦[①]，
出门俱是看花人。

## 译文

诗人描写美景的最佳时节在初春，
柳芽刚透嫩黄有一半颜色还不匀称。
倘若等到上林苑繁花似锦时再出门，
就会看到处处都是看花的人。

## 题解

此诗是诗人早春游长安东城抒感之作，描写了初春清新迷人的美丽景色。有人认为是讽喻诗。《千家诗》王相注云：“言宰相求贤助国，识拔贤才当在侧微卑陋之中，如初春柳色才黄而未匀也。若待其人功业显著，则人皆知之，如上林之花，似锦绣之灿，谁不爱玩而羡慕之？”意思是朝廷要善于在平民中及早发现人才。

# 春夜　王安石

金炉香烬漏声残，
剪剪轻风阵阵寒[1]。
春色恼人眠不得，
月移花影上栏杆。

注释

①剪剪：形容冷风刺骨。

## 译文

金炉里香已燃烬漏壶水快要滴完，
一缕缕轻风带来一阵阵清寒。
醉人的春色撩得人不能入睡，
随着月儿移动花木倩影爬上了栏杆。

## 题解

此诗为借景抒怀之作，描写春夜不眠所见夜色，抒发作者在变法失败之后凄凉、烦躁不安的痛苦心情。诗以景寓情，景情交融。

## 初春小雨 韩愈

天街小雨润如酥[①]，
草色遥看近却无。
最是一年春好处，
绝胜烟柳满皇都[②]。

注释

①天街：京城街道。
②绝胜：远远超过。

### 译文

京城街道上细雨柔润如酥油，
草色远看绿茵茵近看却又好似没有。
这正是一年春光中最美好的景色，
绝对胜过皇都如烟似雾的翠柳。

### 题解

这首诗以对比手法，赞美早春小雨后长安街万物复苏、草木萌动的美好景色，抒写作者对早春小雨喜爱之情。语句清新细腻。

## 元日 王安石

爆竹声中一岁除，
春风送暖入屠苏[①]。
千门万户曈曈日[②]，
总把新桃换旧符[③]。

注释

①屠苏：美酒名。用屠苏、肉桂、山椒、白术等草药浸过，传说饮用可预防病灾。
②曈曈（tóngtóng）：形容太阳刚出的样子。
③桃、符：旧俗过年，家家都把两块桃木板悬挂门旁，上书“神荼”“郁垒”二位门神的名字，以驱鬼避邪。

## 译文

爆竹声声把旧年送走，
春风送暖时畅饮美酒屠苏。
灿烂旭日照亮千门万户，
家家都用新联换下旧桃符。

## 题解

此诗借写民间欢庆新年时放爆竹饮屠苏酒换新联的习俗，抒发作者立志改革的雄心壮志和豪迈情怀。富有浓厚的生活气息。

# 上元侍宴　苏轼

淡月疏星绕建章[①]，
仙风吹下御炉香。
侍臣鹄立通明殿[②]，
一朵红云捧玉皇。

注释 <<<

①建章：汉代宫殿名，此处指宋代皇宫。
②鹄立：像天鹅那样肃立。通明殿：宋代宫殿名。

## 译文

银河星稀月光如水倾洒在建章宫上，
阵阵仙风送来御炉的薰香。
文武百官身穿红袍肃立在通明殿，
好像一朵朵红云托起天上玉皇。

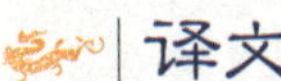

## 题解

此诗为元宵节侍宴作，通过描写侍宴的场景表现皇帝的威严气势，讴歌太平盛世的升平景象，境界庄严典雅。

## 立春偶成　张栻

律回岁晚冰霜少[①]，
春到人间草木知。
便觉眼前生意满，
东风吹水绿参差。

注释

①律回：阳气回升。古以十二音律比十二个月，春夏六个月为阳，称为“律”，秋冬六个月为阴，称为“吕”。

### 译文

又到岁末阳气回升冰霜正在消融，
春天即将来到人间草木最先苏醒。
一霎时便感到大地生机勃勃，
阵阵春风吹过池水泛起层层波纹。

### 题解

本诗生动描绘立春时节冰雪消融，草木滋生大地生机勃勃的景色，语句富有动感，洋溢着生活激情。

## 打球图　晁补之

阊阖千门万户开[①]，
三郎沉醉打球回[②]。
九龄已老韩休死[③]，
无复明朝谏疏来[④]。

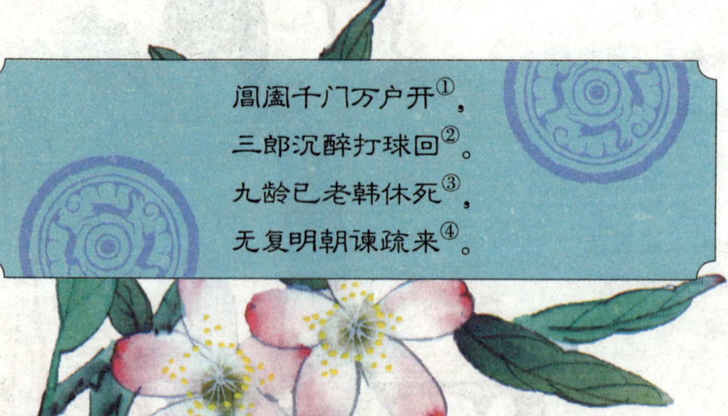

注释

①阊阖（chāng hé）：古代神话传说中天宫宫门，此借指唐长安宫门。
②三郎：唐玄宗李隆基的小名。
③九龄：指张九龄，任宰相，常忠言直谏。韩休：也任宰相，敢于直谏。
④谏疏：臣给皇帝的奏议。

## 译文

皇宫的千门万户次第打开，
唐明皇醉醺醺踢球返回。
张九龄年岁已老韩休已死，
不用担心明晨再有谏疏送来。

## 题解

此诗是作者观《唐明皇打球图》后所作咏史诗，实为政治讽刺诗，是借唐讽宋，以唐明皇只知享乐不问国事的故事告诫宋王朝不要再蹈复辙。

# 清平调 李白

云想衣裳花想容，
春风拂槛露华浓。
若非群玉山头见①，
会向瑶台月下逢②。

**注释**

①群玉山：神话传说中西王母所住的仙山。
②瑶台：又名瑶池。神话传说中神仙居处。

## 译文

彩云像她的衣裳花儿像面容，
春风吹拂栏杆露珠闪闪明。
如果不是在群玉山头才能见到，
也应是在瑶台的月光下才能相逢。

## 题解

此诗是唐明皇与杨贵妃在沉香亭观赏牡丹时李白奉旨而写的即兴之作。诗以奇特的比喻，借鲜花和彩云，赞颂杨贵妃国色天姿，美如天仙。写得清新脱俗。

## 作者介绍

李白（701—762），字太白，号青莲居士，祖籍陇西成纪（今甘肃省天水附近）。他是我国古代伟大的积极浪漫主义诗人，在青少年时代，就广泛地涉猎了中国古代文化，又“好剑术”，多方交游，并游览了蜀中的名胜古迹。到二十五岁时，他出蜀远游，抱着“申管晏之谈，谓帝王之术，奋其智能，愿为辅弼，使寰区大定，海县清一”（《代寿山答孟少府移文书》）的远大理想，希望能有所作为。出蜀后，他又漫游了长江、黄河流域的许多胜地，观赏了祖国雄伟奇丽的山川，了解了一些社会情况。同时“遍干诸侯”，“历抵卿相”，想为实现自己的理想抱负创造条件。天宝二年（743），李白被唐玄宗召入长安，在翰林院做供奉（官名）。但李白不满当时政治的污浊，受到了权贵们的排挤，第二年就弃职出京。此后，他又在各地漫游。安史之乱发生后第二年，永王李璘率水师东下，李白怀着除乱安邦的志愿，接受了李璘的邀请，参加了他的幕府。结果却遭到肃宗李亨的围击，李璘兵败被杀，李白也被牵连，以附逆罪流放夜郎（今贵州省桐梓县），中途遇赦得归。又过两年，李光弼率军讨伐史朝义，李白以六十一岁高龄，还决意从军，终因衰病，未能如愿，依族叔当涂（今安徽省当涂县）令李阳冰，不久逝世。

李白生活在唐朝由强盛开始转向衰败的急剧变化时代，他充满了积极进取的乐观精神，向往着建功立业的政治活动，但怀才不遇，屡遭排挤和打击。他的诗歌创作，反映了他那个时代的风貌，题材广泛，内容丰富。在李白流传下来的九百多篇诗中，有热爱祖国、热爱人民思想感情的倾吐；有对祖国奇伟壮丽河山的歌颂；有对封建权贵的揭露和鞭挞；有对自己怀才不遇的愤懑和抗争；有对美好理想和生活的追求；有对不合理社会现实的批判。他的诗歌风格豪放飘逸，想象丰富，色彩鲜明，音调高昂，语言朴素自然，在艺术上有特殊成就。但因李白受道家思想影响较深，诗中也常常流露出追求神仙、纵情歌酒、及时行乐的消极情绪。

# 题邸间壁[①] 郑会

酴醾香梦怯春寒[②]，
翠掩重门燕子闲。
敲断玉钗红烛冷，
计程应说到常山。

注释 <<<

①邸（dǐ）：旅社、旅店。
②酴醾（tú mí）：植物名，俗称佛见笑。

## 译文

荼蘼香梦中醒来更觉春夜凉寒，
绿阴掩映重重房门燕子梁上偷闲。
玉钗敲断快要燃尽的红烛灯花，
计算行程他应该到达了常山。

## 题解

此诗是诗人旅居常山所作题壁诗。诗写对妻子的思念，但却未直接写自己，反以写妻子为主，设想妻子因思念而彻夜难眠掐指计算行程的情景。构思新奇，真实感人。

# 绝句 杜甫

两个黄鹂鸣翠柳①，
一行白鹭上青天。
窗含西岭千秋雪②，
门泊东吴万里船③。

注释 <<<

①黄鹂：黄莺鸟。
②西岭：指四川岷山。
③东吴：今江浙一带。

## 译文

两只黄鹂在翠绿柳枝头鸣啼，
一行白鹭高高地飞上蓝天。
倚窗远眺见西岭千年的积雪，
门前江岸停泊着东吴万里航船。

## 题解

此诗描写春日景象，诗以“黄鹂”、“白鹭”、“千秋雪”、“万里船”四组意象，构成了绚丽多姿的画面，生动描写了草堂周围的景色，远近结合，动静结合，语句清丽。

## 作者介绍

杜甫（712—770），字子美，别号少陵，原籍襄阳，曾祖时迁居河南巩县。他是我国古代伟大的现实主义诗人，和李白并称“李杜”，代表着唐代诗歌的两座高峰。杜甫少年时候读书就非常刻苦，具有远大的政治思想。早年他南游吴越，北游齐赵，过着“裘马颇清狂”的漫游生活。玄宗天宝五年（746），西入长安，求官不遂，困居十年。四十四岁时，才勉强被任为右卫率府胄曹参军（掌管兵器盔甲仓库的小官）之职。就在当年，安史之乱起，杜甫举家避难

鄜（fū）州羌村。后只身往灵武（在今甘肃省）投奔肃宗李亨，途中为叛军所俘，押到长安。直到至德二年（757）四月，他才冒险逃出长安，直奔凤翔，见到李亨，被任为左拾遗。后因上疏救房琯触怒肃宗，被贬为华州司功参军。肃宗乾元二年（759），弃官西去，经秦州（今甘肃天水）入蜀，定居成都草堂。严武再度镇蜀，杜甫一度任节度使署参谋，检校工部员外郎。严武死后，准备北归洛阳，携家往夔州。代宗大历三年（768）出峡，因兵乱漂泊两湖。最后避乱郴州，大历五年（770）病死途中。

杜甫生活的时代，正是唐王朝政治腐败的历史时期。由于杜甫长期过着困顿失意、颠沛流离的生活，饱尝了饥走荒山之苦。使他从亲身的感受中，体察到人民苦难生活的某些方面，世界观发生一些变化，从而能较清醒地认识现实，写了不少反映安史之乱前后社会生活的诗篇。他的诗歌内容十分丰富，有的抨击统治集团的荒淫无耻、巧取豪夺；有的深刻反映人民苦难重重、啼饥号寒的悲惨生活；有的指斥安史叛乱，维护国家统一；有的关切国家命运，感时忧国，慨叹今昔；有的反对各民族间互相攻伐，主张和睦相处。此外，一些写景、咏物、题画诗，也都蕴涵着诗人对国事的深沉忧思，个人身世飘零的无限感慨。这些都是杜甫诗歌中的精华。但杜甫有的诗篇表现了浓厚的封建忠君思想，有些则粉饰太平。

在艺术上，杜甫继承了先秦以来各个诗歌流派的种种成就。他把前人的各种艺术技巧经过融冶吸收，并发展和创造了新的独特风格。有时雄浑奔放，有时沉郁悲凉，有时辞藻富丽，有时平易质朴，历来为古今评论者所称赞。他的五言、七言古诗在叙事中夹杂议论，把重大政治事件和抒情写景交织在一起，回还往复，气势雄伟。他的五言、七言律诗，注重声律对仗，着力锤炼，成为唐代五、七律的典范之作。其他如绝句，不论五绝、七绝，都能得心应手，或评人论诗，或伤时抒情，或状物写景，都各尽其妙。但是，杜甫有些诗篇过于雕琢，刻意追求工稳。

## 海棠　苏轼

东风袅袅泛崇光[1]，
香雾空濛月转廊[2]。
只恐夜深花睡去，
故烧高烛照红妆[3]。

注释 <<<

①袅袅：微风吹拂的样子。
②空濛：迷蒙的雾景。
③红妆：以女妆喻海棠花。

### 译文

春风轻轻吹拂花儿泛着华美光芒，
濛濛雾气弥漫花香月光转过回廊。
只恐怕夜深了花儿会像美人一样睡去，
因此烧起蜡烛高高照着她的红妆。

### 题解

本诗写夜深秉烛赏花的情景，抒发惜春爱花的高雅情怀。诗句中多化用古典，精丽工巧，意境悠远，情意绵长。

## 清　明　杜牧

清明时节雨纷纷，
路上行人欲断魂。
借问酒家何处有？
牧童遥指杏花村[1]。

注释 <<<

①杏花村：位于安徽贵池县城西，相传以产酒闻名。

## 译文

清明时节细雨纷纷扬扬，

路上行人个个都断肠哀伤。

请问哪里有酒店可以畅饮消愁？

牧童指点在那远处的杏花村庄。

## 题解

此诗为在外游人清明时节即景抒怀之作，诗中描写暮春时节连绵细雨的阴冷景色，抒写了宦游人凄苦抑郁的情怀。含蓄蕴藉，意境悲凉。

## 作者介绍

杜牧（803—853?），字牧之，京兆万年（今陕西西安）人。唐文宗太和二年（828）进士。历任弘文馆校书郎、监察史、刺史等职，官终中书舍人。他是宰相杜佑之孙，但少年时家道中落，生活贫困。他胸怀大志，好谈兵，曾注《孙子》。他生当晚唐社会混乱时期，藩镇跋扈，宦官专权，朋党倾轧，外族连年侵扰。痛感政局的混乱，曾指陈时政之弊，主张削平藩镇，收复失地，恢复盛唐时期繁荣昌盛局面。他“刚直有奇节”，但政治理想一直得不到施展，始终沉沦下僚。因此，曾长期放浪不检，纵情声色。他是晚唐著名诗人，其创作继承唐代诗歌的优良传统，写了不少内容深刻、艺术成熟的优秀诗篇，在晚唐肤浅轻靡的诗坛上，独树一帜。

## 清明 王禹偁

无花无酒过清明，
兴味萧然似野僧。
昨日邻家乞新火①，
晓窗分与读书灯。

①新火：古时清明节前一天为"寒食节"，禁烟、禁食，节后再钻木取来新火，以示吉祥。

### 译文

没有花没有酒独自过清明节，
寂寞清苦全无兴味就像野僧。
幸好昨天从邻居家讨来新的火种，
拂晓时点亮了窗前读书的油灯。

### 题解

此诗描写封建时代贫苦读书人过清明节时凄苦冷寞的生活情景，表现了清贫读书人以读书为乐的高雅情操。

## 社日 张演

鹅湖山下稻粱肥①，
豚栅鸡埘半掩扉②。
桑柘影斜春社散③，
家家扶得醉人归。

注释

①鹅湖山：在今江西省铅山县，因晋代龚民在山上小湖中养鹅得名。
②豚栅：猪圈。鸡埘：鸡窝。
③桑柘（zhè）：统称桑树。柘，黄桑。

## 译文

鹅湖山下稻粱肥硕喜人，
栅门虚掩猪牛满圈鸡鸭成群。
桑树柘树影子西斜春社刚散，
一家家都扶回喝得醉醺醺的男人。

## 题解

此诗描写江南水乡“春社日”喜庆丰年欢度春社的盛况，抒写了极为欢快的气氛。清沈德潜说此诗“传出太平风景”。

# 寒食 韩翃

春城无处不飞花，
寒食东风御柳斜。
日暮汉宫传蜡烛①，
轻烟散入五侯家②。

注释

①汉宫：此处也指唐宫。
②五侯：泛指皇帝近幸之臣。

## 译文

春天的京城处处飞絮扬花，
寒食节的春风吹得宫柳飘斜。
黄昏时节皇宫赏赐蜡烛，
袅袅轻烟散入皇亲国戚之家。

## 题解

此诗描写京城寒食节景况，表现了春日万紫千红的秀美风光，也以明扬暗抑的手法讽刺了封建皇帝对上层贵族及近臣的偏宠，揭露封建社会上层贵族享有种种特权。

## 作者介绍

韩翃（生卒年不详），字君平，南阳（今河南沁阳附近）人。官至中书舍人，为大历十才子之一。唐德宗曾赏识其名句“春城无处不飞花”。韩诗多为送行赠别之作，在当时颇负盛名。

# 江南春 杜牧

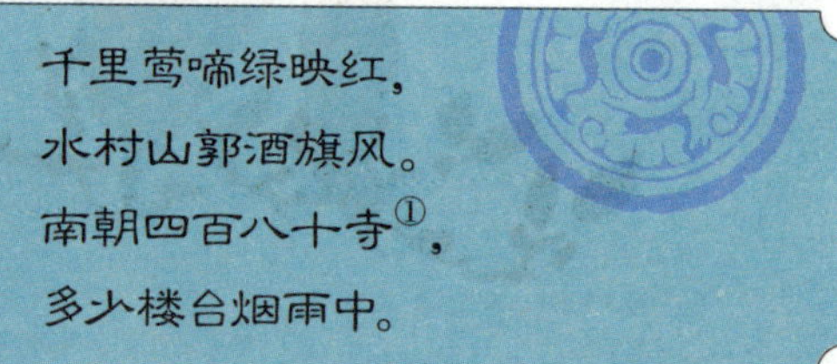

千里莺啼绿映红，
水村山郭酒旗风。
南朝四百八十寺①，
多少楼台烟雨中。

注释

①南朝：指宋、齐、梁、陈四个王朝。

## 译文

千里江南莺歌燕舞柳绿桃红，
水乡山城处处酒旗迎风飘动。
南朝四百八十座寺庙香烟缭绕，
多少亭台楼阁矗立濛濛烟雨之中。

## 题解

此诗描写江南旖旎美丽风光，对南朝大造佛寺留下大量庙宇景观深致慨叹，暗含讽喻之意。

# 上高侍郎　高蟾

天上碧桃和露种[①]，
日边红杏倚云栽[②]。
芙蓉生在秋江上，
不向东风怨未开。

注释

①碧桃：传说中的蟠桃，仙人食用。、
②日边：喻在皇帝身边。

## 译文

天宫的碧桃和着甘露种植，
太阳旁的红杏倚傍彩云栽培。
惟有芙蓉寂寞地生长在秋天江畔，
却从不抱怨东风未让它盛开。

## 题解

此诗是作者落第后写给高侍郎的抒怀诗。诗中以花比况，说自己如寒微的芙蓉，不如天上碧桃日边红杏能借皇家雨露而贵，但自己不随波逐流，也不怨东风，寂然自守，表现了淡泊的情操。据说主考官读后极力为下任主考官推荐作者的才德，第二年就考中了进士。

## 绝 句　僧志南

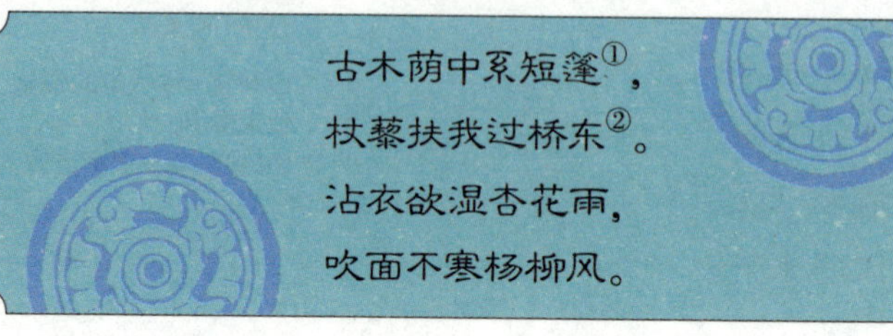

古木荫中系短篷[①]，
杖藜扶我过桥东[②]。
沾衣欲湿杏花雨，
吹面不寒杨柳风。

**注释**

①短篷：有篷布的小船。
②藜：藜木制成的拐杖。

### 译文

在古树浓荫下系好小篷船，
拄着藜杖我走过桥东。
杏花时节的细雨沾湿了衣裳，
脸上拂来带着杨柳气息的暖风。

### 题解

此诗写郊游踏青，描写了和煦温馨的春日景色，即景寓情，抒写了闲适舒畅的旷达情怀。风格闲雅，清新自然。

## 游园不值　叶绍翁

应怜屐齿印苍苔[①]，
小扣柴扉久不开。
春色满园关不住，
一枝红杏出墙来。

**注释**

①屐齿：木屐下面用来防滑的齿。

## 译文

大概是嫌木屐会踩坏苍苔，
久久地敲打柴门却无人来开。
可是满园的春色是关不住的，
一枝红杏已经从墙上伸出来。

## 题解

此诗为游园不得抒感之作。园主不开门不能见园中景色，但春色难以关住，从一枝红杏就可见出园中景色之美，可谓窥斑见豹，饱含哲理，妙趣横生，生动感人。

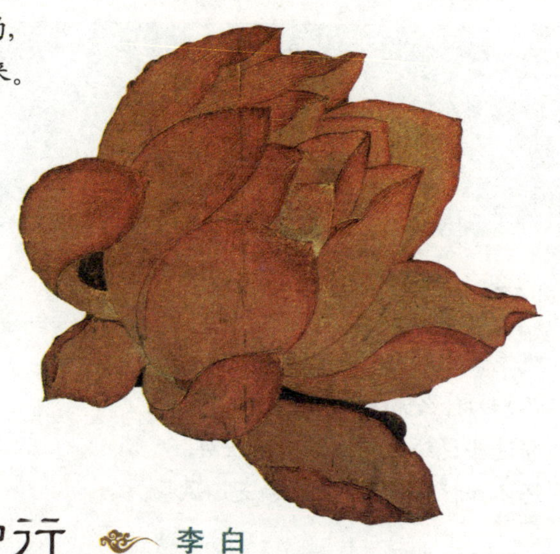

# 客中行

李白

兰陵美酒郁金香[①]，
玉碗盛来琥珀光[②]。
但使主人能醉客，
不知何处是他乡。

注释

①兰陵：今山东枣庄。郁金香，一种珍贵的香料。
②琥珀光：指酒的颜色金黄，有琥珀一样的光亮。

## 译文

兰陵的美酒散发郁金香的芬芳，
碧玉碗里呈现着琥珀般的光芒。
只要主人能和我开怀畅饮喝个大醉，
哪里去管它这里是不是家乡！

## 题解

此诗写于漫游途中。诗中赞美兰陵美酒，描写豪饮的情景，表现了大丈夫以四海为家乐观旷达的襟怀。

## 题屏 刘季孙

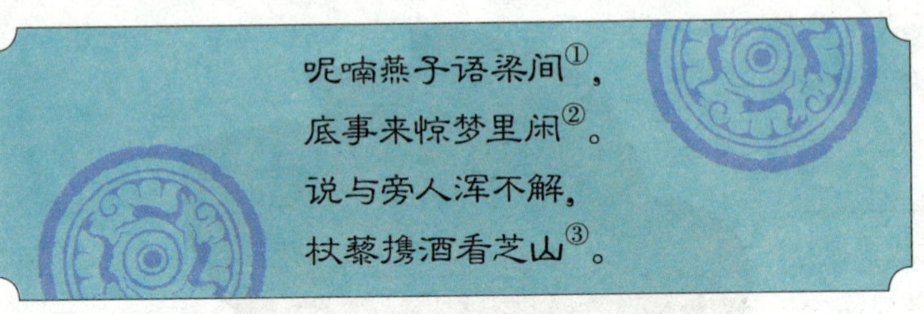

呢喃燕子语梁间①，
底事来惊梦里闲②。
说与旁人浑不解，
杖藜携酒看芝山③。

注释

①呢喃：燕子低语声。
②底事：到底是什么事。
③芝山：山名，在今江西波阳县北。

### 译文

呢呢喃喃燕子在梁上鸣啼，
不知为什么惊醒了我的闲梦。
将这些说给旁人谁都不能理解，
还不如拄藜杖带美酒去看芝山风景。

### 题解

此诗通过描写梦醒后去观赏芝山胜景，抒发了诗人寄情山水高雅闲适的心境。意境优美，含蓄深邃。

## 漫兴 杜甫

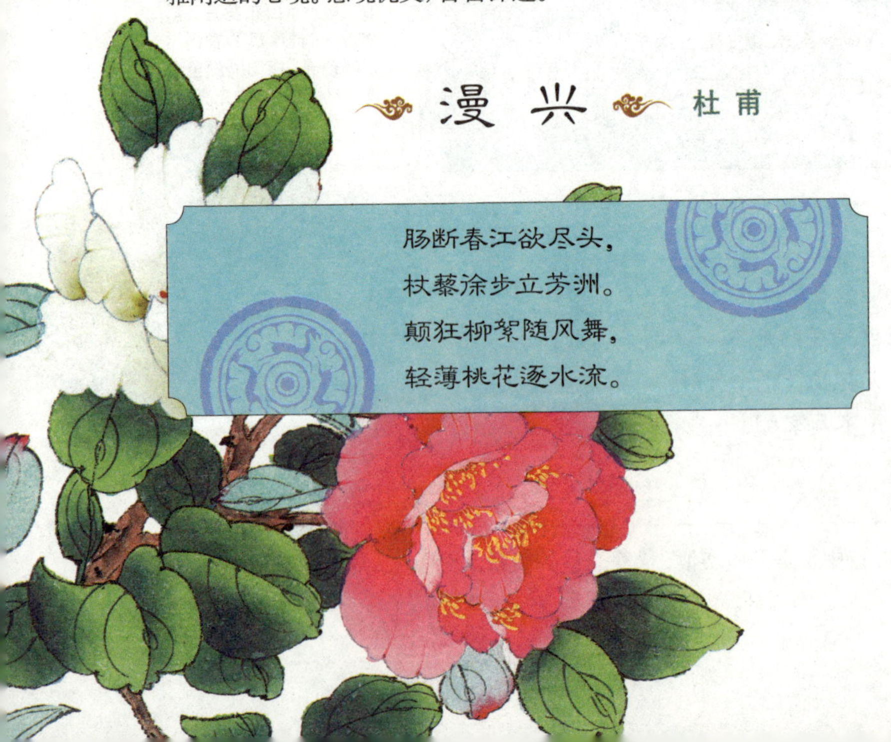

肠断春江欲尽头，
杖藜徐步立芳洲。
颠狂柳絮随风舞，
轻薄桃花逐水流。

## 译文

暮春景物凋残让人哀伤忧愁，
拄着藜杖漫步在长满芳草的绿洲。
柳絮像发了疯似的随风飞舞，
桃花轻薄地追逐江水飘流。

## 题解

此诗借景抒怀。诗中“颠狂柳絮”、“轻薄桃花”比喻那些趋炎附势的小人，诗人感慨世风恶俗，国势衰微，悲愤之情溢于言表，充分表现了忧国忧民的情感。

# 庆全庵桃花　谢枋得

寻得桃源好避秦，
桃红又是一年春。
花飞莫遣随流水，
怕有渔郎来问津[1]。

注释

①问津：寻访、探询。

## 译文

寻找世外桃源为避秦皇暴政，
桃花红了又迎来一个阳春。
花儿凋零莫要让它随流水漂走，
怕的是会有渔郎来这里留停。

## 题解

此诗借咏庆全庵桃花抒写作者避世嫉俗清白自守的情怀。诗人只愿与世隔绝过平静安宁的生活，因而怕有渔郎会随桃花来寻访，扰乱了这里的宁静。意在言外，含蓄蕴藉。

# 玄都观桃花 刘禹锡

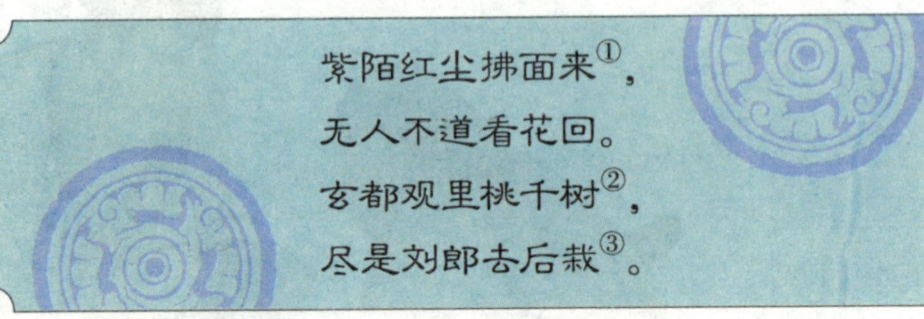
紫陌红尘拂面来[1]，
无人不道看花回。
玄都观里桃千树[2]，
尽是刘郎去后栽[3]。

注释 <<<

①紫陌：京城的街巷。红尘：闹市喧嚣的飞尘。
②玄都观：唐代长安近郊的道观。
③刘郎：诗人自称。

## 译文

京城大道上尘土扑面而来，
人人都说是看桃花返回。
玄都观里如今有千株桃树，
全都是我贬官离京后所栽。

## 题解

此诗是诗人贬官离京十年后返回京都抒感之诗，诗借描写玄都观花的盛况，讥讽奔走于权贵之门的趋炎附势之徒，因“语涉讥刺”再次被流放。

## 作者介绍

刘禹锡（772—842），字梦得，祖籍中山（今河北省定县）后迁洛阳，贞元进士。入淮南节度使杜佑幕，随佑入朝，为监察御史。唐顺宗永贞元年（805），王叔文执政，有意于改革，他和柳宗元都积极赞助。王叔文改革失败后，他被贬为朗州（今湖南省常德县）司马。后被召还，因作诗抒发不满，又被贬。晚年迁太子宾客。他是晚唐著名诗人，又是政治家和进步的思想家。他的诗作有不少揭露现实、反映民生疾苦的内容。在艺术上，既能继承唐诗的优秀传统，又特别注意向民间诗歌学习，从而形成了自己独特的风格，取得了重要成就，为世人推重，被誉为“诗豪”。

## 再游玄都观　刘禹锡

百亩庭中半是苔，
桃花净尽菜花开。
种桃道士归何处，
前度刘郎今又来。

### 译文

百亩庭院有一半长满青苔，
桃花没有了菜花勃勃绽开。
种桃的道士如今在何处？
前次赏花的刘郎今日又重来。

### 题解

此诗是作者又一次贬官十四年后再返京游玄都观抒感之作。诗借景物的变换，抒发自己身历政治变迁的感慨，以喜悦之情写自己又一次返京，表现了不屈不挠的坚强斗争意志。

## 滁州西涧[1]　韦应物

独怜幽草涧边生，
上有黄鹂深树鸣。
春潮带雨晚来急，
野渡无人舟自横。

注释 <<<

①滁州：今安徽省滁县。西涧：在滁州城西，俗称上马河。

## 译文

独独喜爱生在涧边的幽幽野草，
密林深处有黄莺在欢快鸣叫。
春潮带着暮雨奔腾得更加湍急，
渡口杳无人踪小船随水激荡飘浮。

## 题解

此诗为写景名篇，通过涧边幽草、深树莺啼、带雨春游、野渡横舟等有声有色的自然景色的描写，表现了滁州西涧优美淡雅的美丽风光。

## 作者介绍

韦应物（737—790？），长安（今陕西西安市）人。早年豪侠任气，生活放荡不羁，曾以“三卫郎”（宫廷侍卫之一）侍卫玄宗。后来悔悟，折节读书，举进士。曾任洛阳丞，又一度辞官闲居。德宗建中二年（781）以比部员外郎出任滁州（今安徽滁县）刺史，不久，改任江州（今江西九江市）、苏州（今江苏苏州市）等地刺史。

他在一些诗中，反映了对民间疾苦的关注，表现出不安于居官生活的心情，敢于揭露暴政，抨击豪门。然而，大量诗篇的基本内容是写田园山水。在艺术上，他接受陶渊明、谢灵运、王维的影响，形成了自己的高雅闲适、自然淡远的艺术特色。

## 花影　苏轼

重重叠叠上瑶台[1]，
几度呼童扫不开。
刚被太阳收拾去，
却教明月送将来。

注释

①瑶台：传说中的王母居住的仙宫。

### 译文

重重叠叠地铺在楼台，
几次让童子打扫也扫不开。
刚刚被西落的太阳带走，
却又教升起的明月送了过来。

### 题解

这是一篇以花影为题的写景诗，也可说是一篇讽喻诗。重重叠叠的花影就是那些依仗靠山玩弄权术的小人，他们无才无德却高踞权位，刚失势又得势，总也下不去，深刻地反映了当时政治的腐败。比喻奇巧，讽意尖锐。

## 北山　王安石

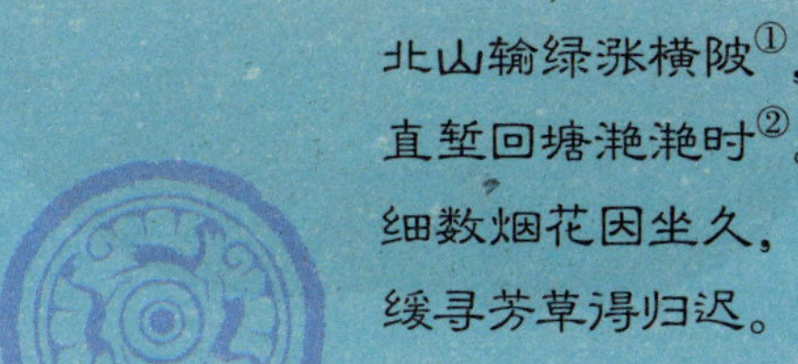

北山输绿涨横陂[1]，
直堑回塘滟滟时[2]。
细数烟花因坐久，
缓寻芳草得归迟。

注释

①北山：即今南京东郊的钟山。陂：池塘。
②堑：沟渠。回塘：弯曲的池塘。滟滟：水光荡漾状。

## 译文

北山流来的绿水涨满横陂，
池塘沟渠碧波荡漾闪闪发光。
细细地查数落花因而坐得很久，
缓缓地寻觅芳草迟归又有何妨。

## 题解

此诗描写雨后北山的美丽风光，抒发了诗人隐居郊野寄情山水的高雅情趣。

# 湖上 徐元杰

花开红树乱莺啼，
草长平湖白鹭飞。
风日晴和人意好①，
夕阳箫鼓几船归。

注释

①人意：指游人的兴致和情绪。

## 译文

红花满树黄莺在枝头乱啼，
绿茵漫堤平湖如镜鹭高飞。
风和日丽游人心情舒畅，
夕阳下箫鼓轰响中画船回归。

## 题解

此诗为游西湖即兴之作。诗中描绘了生机勃勃优美宁静的西湖风光，抒发了畅游西湖的愉悦之情。动静结合，有声有色。

## 漫兴　杜甫

糁径杨花铺白毡[1]，
点溪荷叶叠青钱。
笋根雉子无人见，
沙上凫雏傍母眠。

注释

①糁(sǎn)：饭粒，此处形容杨花如饭粒般散落。

### 译文

小路上杨花飞絮铺上了白毡，
点点嫩荷在溪中重叠青钱。
竹笋根部的嫩尖还没有人发现，
沙滩上初生的小鸭偎依母鸭安眠。

### 题解

此诗选取“杨花”、“荷叶”、“笋根”、“凫雏”四组极富特色的景物，动静结合，有声有色地描绘了暮春时节江南水乡的美好风光，富于生活气息。

## 春晴　王驾

雨前初见花间蕊，
雨后全无叶底花。
蛱蝶纷纷过墙去，
却疑春色在邻家。

## 译文

春雨前刚刚看见花蕾吐蕊，
春雨后叶子底下就再见不到花。
蜜蜂蝴蝶纷纷地飞过墙去，
让人疑心春色已移到了邻家。

## 题解

此诗描写春晴后景色变化的景象，抒写诗人惜花爱花的惆怅情怀。充满诗情画意，意味深长。

# 春 暮

曹豳

门外无人问落花，
绿荫冉冉遍天涯。
林莺啼到无声处，
青草池塘独听蛙。

## 译文

院门外的落花任意飘零，
遍天涯处处都绿树成荫。
林间的黄莺已不再啼叫，
惟独能听到池塘中蛙鸣声声。

## 题解

此诗选取“落花”、“莺啼”、“蛙鸣”等极具特色的景物，描写了暮春时节村野的风光，抒发了诗人的惜春之情。

## 落花　朱淑贞

连理枝头花正开，
妒花风雨便相催。
愿教青帝常为主[①]，
莫遣纷纷点翠苔。

注释

①青帝：传说中掌管春天的神。

### 译文

连理枝头花朵正在绽开，
嫉妒的风雨便横加摧残。
但愿春神常做万物的主宰，
莫让花儿片片飘落在青苔间。

### 题解

此诗借咏落花拟人抒怀，以“连理枝”花朵喻美满婚姻，以“妒花风雨”喻破坏美满婚姻的人和封建礼教，委婉地表达了对自己不幸婚事的哀叹，寄托了对美好婚姻的企盼和祝愿。

## 春暮游小园　王淇

一从梅粉褪残妆，
涂抹深红上海棠。
开到荼蘼花事了[①]，
丝丝天棘出莓墙[②]。

注释

①荼蘼：花名，春末夏初开放。
②天棘：又叫天门冬，长有线形枝条。俗名酸枣树。

## 译文

自从梅花褪去粉脂卸了妆，
海棠花便浓妆艳抹火红登场。
到荼蘼花开过一春花事完了，
就只见到酸枣树丝丝叶片伸出莓墙。

## 题解

此诗以四种植物“梅花”、“海棠”、“荼蘼花”、“天棘”交替出现，表现暮春时节景色的更迭变化，反映春天由繁华到消寂的过程，抒写了诗人惜春之情。

# 莺梭　刘克庄

掷柳迁乔太有情①，
交交时作弄机声②。
洛阳三月花如锦，
多少工夫织得成③。

注释 <<<

①掷柳：指黄莺在柳林中飞来飞去。迁乔：飞到乔木上。
②交交：织布声，此指鸟鸣声。
③工夫：指时间。

## 译文

在柳枝和乔木间穿梭分外多情，
一声声啼叫像织布机流出乐音。
三月的洛阳城处处繁花似锦，
如此迷人春色得多少工夫才能织成。

## 题解

此诗以美女穿梭织布喻黄莺穿飞织景，动人地描绘了洛阳城如花似锦的美丽风光。构思奇特，想像丰富。

# 暮春即事　叶采

双双瓦雀行书案，
点点杨花入砚池。
闲坐窗前读周易，
不知春去几多时。

## 译文

双双麻雀的影子在书案上飞移，
点点杨花随风飘落在砚池。
悠闲自得坐在窗前读周易，
不知道春天已经过去了几多时。

## 题解

此诗记暮春时节读书情景，表现诗人以读书为乐与世无争的恬淡高雅情怀，意境优美。

# 登山　李涉

终日昏昏醉梦间，
忽闻春尽强登山。
因过竹院逢僧话，
又得浮生半日闲①。

注释 <<<

①浮生：谓世事无定，人生如浮云。

## 译文

整天里昏昏沉沉在半醉半梦之间，
忽然听说春日将尽才勉强登山。
路过竹林时和山僧欢谈一气，
在飘浮的尘世中又得到半日休闲。

## 题解

此诗为春日抒怀之作，表现的是诗人内心的苦闷和感悟，诗人宦海沉浮，仕途不顺，因而消沉失落，与山僧交谈，始得解脱，诗真实表现了其心态。

# 蚕妇吟 谢枋得

子规啼彻四更时[1]，
起视蚕稠怕叶稀。
不信楼头杨柳月，
玉人歌舞未曾归。

注释

①子规：即杜鹃。

## 译文

杜鹃啼叫声响彻夜空已是四更，
起床察看蚕盘只怕蚕儿多桑叶太稀。
谁能相信楼头明月挂在杨柳梢头时，
轻歌曼舞的美人还没有回归。

## 题解

此诗以对比手法描写养蚕妇女的艰辛生活，表现了诗人对劳动妇女的同情，对贵族妇女享乐生活的不满，对照描写，形象鲜明。

## 晚春 韩愈

草木知春不久归，
百般红紫斗芳菲。
杨花榆荚无才思，
惟解漫天作雪飞。

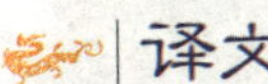

### 译文

草木知道春天不久就要过去，
百般地吐紫飞红争奇斗艳。
惟有杨花榆荚没有一点才思，
只知道像雪花一般漫洒长天。

### 题解

此诗以拟人笔法，动人地描绘了暮春时节百花争艳杨絮纷飞的美丽风光，情绪欢快，毫无感伤之情，是写暮春极富新意之作。

## 伤春 杨万里

准拟今春乐事浓，
依然枉却一东风。
年年不带看花眼，
不是愁中即病中。

## 译文

原以为今春会快快乐乐，
哪知道依然辜负了春风。
年年都没有赏花的眼福，
不是在忧愁中就是在病中。

## 题解

此诗题为伤春，实际主要是抒写诗人疾病缠身、生活不顺的感伤。叙事一波三折，抒情真实感人。

# 送春　王令

三月残花落更开，
小檐日日燕飞来。
子规夜半犹啼血，
不信东风唤不回。

## 译文

三月里残花落了又开，
房檐下小燕子天天飞来。
杜鹃鸟半夜三更还在悲啼，
不相信春光就呼唤不回。

## 题解

此诗以拟人手法，通过写“残花”、“燕子”、“子规”等景物，描写暮春景色，抒写惜春之情和企盼春天回归的美好愿望。

## 三月晦日送春[1] 贾岛

三月正当三十日，
风光别我苦吟身。
共君今夜不须睡，
未到晓钟犹是春。

注释 <<<

①晦日：农历每月最后一天。

### 译文

正当三月三十日那最后一天，
春光就将要告别我这苦吟诗人。
今天晚上我要陪伴你一夜不睡，
不到晨钟敲响时刻依然还是芳春。

### 题解

此诗以拟人手法，用一夜不睡的痴情送春，将春天比做有生命的人，充分表达了对美好春光珍爱之情，立意新颖。

## 客中初夏 司马光

四月清和雨乍晴，
南山当户转分明。
更无柳絮因风起，
帷有葵花向日倾。

## 译文

四月天雨后天气清爽和煦，
对面的南山景色格外分明。
没有随风飘飞的雪花柳絮，
只有金黄的葵花向着红日倾身。

## 题解

此诗写于王安石新法被废除诗人即将复出任职之时，诗借咏叹四月初夏雨过天晴清爽和煦葵花向日的美好天气，抒发自己喜悦得意的心情。景情交融，含蓄蕴藉。

# 有约[1]　赵师秀

黄梅时节家家雨[2]
青草池塘处处蛙。
有约不来过夜半，
闲敲棋子落灯花。

注释 <<<

①有约：谓事先的约会。
②黄梅时节：立夏以后梅子转黄，天阴多雨，南方俗称黄梅天。

## 译文

黄梅季节家家都落着春雨，
青草池塘里处处有鸣叫的青蛙。
约好的友人未来已等到半夜，
百无聊赖乱敲棋子震落了灯花。

## 题解

此诗描写初夏雨夜沉闷烦闹的景色，抒写诗人候客不到的焦急心情，真实动人。

## 初夏睡起 杨万里

梅子流酸溅齿牙[1]，
芭蕉分绿上窗纱。
日长睡起无情思，
闲看儿童捉柳花。

**注释 <<<**

①梅子：植物果实，味极酸。

### 译文

吃过梅子余酸还残留在齿牙，
芭蕉的绿阴已映满窗纱。
漫长的夏日睡醒后百无聊赖，
悠闲地观看儿童捕捉柳花。

### 题解

此诗描写初夏景色，抒写诗人午睡初醒的倦态和悠闲消磨漫长夏日的闲适心境，真实动人，极富情趣。

## 三衢道中 曾几

梅子黄时日日晴，
小溪泛尽却山行。
绿荫不减来时路，
添得黄鹂四五声。

## 译文

梅子黄透时节天天晴朗，
划过了小溪又行走在山上。
绿树成荫不逊于来时的路，
还增添了黄莺美妙的歌唱。

## 题解

此诗描写初夏出行山野所见绿树成荫黄莺鸣啼的生机勃勃的自然景色，写得清幽淡雅，情绪欢快。评家赞为："清于月白初三夜，淡似汤烹第一家。"

# 即景　朱淑贞

竹摇清影罩幽窗，
两两时禽噪夕阳。
谢却海棠飞尽絮[1]，
困人天气日初长。

注释 <<<

①谢却：凋谢。

## 译文

翠竹的倩影掩映幽静纱窗，
成双的候鸟在夕阳下吱吱欢唱。
海棠花谢了柳絮纷纷落尽，
困人的天气开始慢慢变长。

## 题解

此诗真切地描写初夏景色，有声有色，同时借景抒发了诗人寂寞烦闷郁郁寡欢的心情。寓情于景，淡雅清新。

## 初夏游张园　戴敏

乳鸭池塘水浅深，
熟梅天气半晴阴。
东园载酒西园醉，
摘尽枇杷一树金。

### 译文

小鸭在有深有浅的池塘嬉戏，
黄梅时节的天气半阴半晴。
载酒酣饮游遍东园西园，
把满园金子般的枇杷摘个干净。

### 题解

此诗描写初夏时江南文人游园宴饮的情景。诗中刻画了初夏特有的景致，抒发了诗人尽兴游园的闲情逸致。意境优美。

## 鄂州南楼书事　黄庭坚

四顾山光接水光，
凭栏十里芰荷香[1]。
清风明月无人管，
并作南来一味凉。

注释 <<<

①芰(jì)荷：出水的荷，指荷叶或荷花。

## 译文

四处环顾山水相连波光闪亮，
靠着栏杆闻到十里湖面荷花飘香。
清风徐来明月当空让人无拘无束，
登上南楼更觉全身一片清凉。

## 题解

此诗描写诗人在水上楼台凭栏远望所见山水相连荷花十里飘香的宏阔壮丽景色，抒发了诗人旷达豪放的情怀。活泼新颖，富有情趣。

# 山亭夏日　高骈

绿树荫浓夏日长，
楼台倒影入池塘。
水晶帘动微风起，
满架蔷薇一院香。

## 译文

绿树荫浓夏日悠悠绵长，
楼台倒影映入清清池塘。
微风吹过水晶帘轻轻摆动，
满架的蔷薇散发一院浓浓芳香。

## 题解

此诗通过视觉、听觉、嗅觉感受描绘了夏日庭院优美静谧的景色，被誉为“咏夏之佳品”。

## 田家　范成大

昼出耘田夜绩麻[1]，
村庄儿女各当家。
童孙未解供耕织，
也傍桑荫学种瓜。

注释

①耘田：锄草。绩麻：搓麻为绳。

### 译文

白天下田耕作入夜灯下绩麻，
农村的男女分工明确各自当家。
还不懂耕田织布的幼小儿孙，
也不闲着在桑树下学着种瓜。

### 题解

此诗为作者田园诗名作。诗中描绘田家农忙时节辛勤劳作的情景，对农家男女老小满怀赞赏之情，充分表达了作者爱民之心。

## 村居即事　范成大

绿遍山原白满川，
子规声里雨如烟。
乡村四月闲人少，
才了蚕桑又插田。

## 译文

山野绿油油河川闪银光，
杜鹃声里如烟细雨纷纷扬扬。
乡村的四月没有什么闲人，
刚了结蚕活又来到水田插秧。

## 题解

此诗又名《乡村四月》，诗中描写了江南农村初夏风光和农家辛勤耕作的情景，诗句朴实无华，真实动人。

# 题榴花 朱熹

五月榴花照眼明，
枝间时见子初成。
可能此地无车马，
颠倒青苔落绛英[1]。

注释<<<

①绛英：指鲜红的石榴花。

## 译文

五月的榴花红艳似火耀眼夺目，
枝叶间隐约可见小榴子已经结成。
只可惜这里没有赏花人的车马，
白白地让鲜艳的花朵落满苔藓间。

## 题解

此诗深情咏赞石榴花开放时绚丽夺目的景观，为石榴花得不到人们观赏受人冷遇鸣不平，寄寓了诗人自身遭遇坎坷的感伤之情。

## 村晚 雷震

草满池塘水满陂，
山衔落日浸寒漪。
牧童归去横牛背，
短笛无腔信口吹。

### 译文

青青水草长满池塘碧水涨满堤，
远山衔着落日倒映在闪光的寒水里。
牧童回家横坐在水牛背上，
悠然自在地吹着不成曲调的短笛。

### 题解

此诗描写仲夏农村夕阳西下水塘倒映的美丽风光和牧童归来的动人景象，表现农村生活的闲适和宁静，抒发了诗人对农村生活热爱之情。

## 茅檐 王安石

茅檐常扫净无苔，
花木成畦手自栽。
一水护田将绿绕，
两山排闼送青来[1]。

注释

①闼：古时称门为闼。

## 译文

茅草房檐下常打扫洁净无苔，
院中一畦畦花木是自己亲手所栽。
一条小溪围绕环护油绿的农田，
两座山峰推门而入把青翠送来。

## 题解

此诗是作者晚年罢相后隐居乡野即兴之作。诗中描写了村居庭院的清幽和周围水光山色的美好，抒发了诗人旷达闲适的情怀。精巧别致，为作者代表作，历来为人称赏。

# 乌衣巷 刘禹锡

朱雀桥边野草花[1]，
乌衣巷口夕阳斜[2]。
旧时王谢堂前燕[3]，
飞入寻常百姓家。

注释 <<<

①朱雀桥：南京秦淮河上的浮桥，也叫南航，东晋咸康时建。
②乌衣巷：故址在今江苏省南京市秦淮河岸。三国时其地为吴国军营，士兵多穿黑衣，故名。
③王谢：指王导和谢安两大豪门家族。

## 译文

昔日喧闹的朱雀桥边只剩野草杂花，
当年繁华的乌衣巷口夕阳冉冉西下。
旧时栖息在王谢府大堂前的燕子，
如今已飞到了寻常百姓的家。

## 题解

此诗是诗人《金陵五题》之一，诗通过描写乌衣巷的巨大变化，当年显赫的王谢堂前燕飞入寻常人家的情景，感事伤怀，抒发了深沉的今昔沧桑之感。含蓄深沉，耐人寻味。

# 送元二使安西　王维

渭城朝雨浥轻尘[①]，
客舍青青柳色新。
劝君更尽一杯酒，
西出阳关无故人[②]。

注释

①渭城：秦代咸阳城，汉改称渭城。在渭水北岸。
②阳关：汉置，在今甘肃敦煌县西。

## 译文

清晨细雨润湿渭城道上灰尘，
客馆旁杨柳树葱绿清新。
劝君再喝干这杯家乡米酒，
西出阳关就很难见到故人。

## 题解

此诗为送别名篇。诗中描写了渭城清晨在客舍设宴送客劝酒的情景，表现家乡的风光美好，人情纯朴和故人情谊的深厚，抒写了惜别怅惘感伤之情。

## 作者介绍

王维（701—761），字摩诘。唐蒲州（今山西省永济县）人，二十一岁时中进士，初任大乐丞。开元二十二年（734）张九龄执政，赏识王维，提升他为右拾遗。后张九龄为李林甫排挤，王维也受牵连，被贬出使边塞。天宝元年（742）被召回，由于不满李林甫擅权，因而政治上渐趋消极，半官半隐，先后在终南山和辋川闲居。安史之乱叛军攻陷长安时，唐玄宗仓惶逃蜀，王维扈从不及，为叛军所俘，被迫任职。两京收复后，以受安禄山伪职论罪，受到降官处分。晚年脱离政治，长斋奉佛，过着恬静悠闲的隐居生活，最后官右丞尚书。王维是唐朝的重要诗人，他的诗歌影响极大，在我国诗史上具有重要地位。王维早期诗歌题材多样，具有积极进取精神，情调昂扬，气概豪迈，他出使边塞写的边塞诗，意境

壮阔，昂扬豪放。另外一些诗对于权贵把持朝政，政治腐败也有所抨击。晚年由于“长斋奉佛”，佛家消极出世思想占了主导地位，诗歌则大多数是寄情山水，描绘田园风光，或宣扬佛理。王维是唐代山水田园诗派的代表人物。他在晚年写的大量山水诗，写景细致，意境隽永，清新自然。

## 与史郎中饮听黄鹤楼上吹笛　李白

一为迁客去长沙[①]，
西望长安不见家。
黄鹤楼中吹玉笛，
江城五月落梅花[②]。

注释

①迁客：指被贬官流放的人。
②江城：指江夏，今湖北武昌。落梅花：古代笛曲名。

### 译文

一旦成为贬官南去长沙，
回首西望长安看不到自己家。
黄鹤楼中有人吹起哀怨笛曲，
五月江城似飞来片片梅花。

### 题解

此诗是诗人被流放夜郎途经武昌城黄鹤楼时抒感之作。诗中抒写了诗人遭受贬谪远离家乡悲凉痛苦的心情。笛曲《梅花落》有双关意，既是哀怨的乐曲，又仿佛江城落满了梅花，景情交融，营造凄美的意境。

## 题淮南寺　程颢

南去北来休更休[1]，
白蘋吹尽楚江秋[2]。
道人不是悲秋客[3]，
一任晚山相对愁。

注释

①休更休：得休闲便休闲，顺其自然。
②楚江：长江支流，流经皖鄂一带。
③道人：诗人自称。

### 译文

南去北来自由自在得休便休，
秋风吹尽白蘋楚江已是深秋。
本人不是那悲秋感伤的过客，
任凭两岸山峦在昏暮中相对发愁。

### 题解

此诗是诗人秋日旅游途经扬州抒感之作，诗中虽描写了秋日萧瑟悲凉的景色，但抒发的却是不以物喜，不以己悲，任其自然，超然物外的闲适情怀。淮南寺，寺名，在今江苏扬州市附近。

## 秋　月　程颢

清溪流过碧山头，
空水澄鲜一色秋。
隔断红尘三十里[1]，
白云红叶两悠悠。

注释

①红尘：泛指人世间。

## 译文

清澈的溪水流过碧绿的山头，
云水相连清明鲜亮一派迷人秋色。
把喧嚣尘世隔在了三十里地以外，
只有天上白云和林间红叶悠然自得。

## 题解

此诗描写郊野山水在秋月映照下明澈澄碧的美丽景色，抒发了诗人沉醉于大自然美景中悠然自得的旷达超逸情怀。意境优美，格调高雅。

# 七夕 杨朴

未会牵牛意若何，
须邀织女弄金梭。
年年乞与人间巧①，
不道人间巧已多。

**注释**

①乞巧：旧俗七月七日妇女在夜间向天上织女乞求智慧与灵巧，称乞巧。

## 译文

弄不明白牛郎是什么用意，
总要在这一天邀请织女织布穿梭。
一年又一年让人间乞取智巧，
岂不知人世的智谋奸巧已经太多。

## 题解

此诗以“乞巧”立意，借题发挥，表达诗人对世俗太多奸巧虚伪、尔虞我诈的憎恶讥讽之情。立意深刻。

## 立秋[1] 刘翰

乳鸦啼散玉屏空[2]，
一秋新凉一扇风。
睡起秋声无觅处，
满阶梧叶月明中。

**注释**

①立秋：二十四节气之一，在阳历八月七、八、九日之间，为秋季开始。
②啼散：啼叫着四散而去。

### 译文

小乌鸦啼散后天空如玉屏空明，
微风带来新凉似人在枕边扇风。
一觉睡醒萧萧秋声已无处寻觅，
只见满台阶梧桐落叶沐浴在明月中。

### 题解

此诗描写立秋时节秋高气爽清凉萧飒的美丽风光，抒写诗人对秋色赞赏的愉悦之情。意境优美，写景如绘。

## 秋夕 杜牧

银烛秋光冷画屏，
轻罗小扇扑流萤。
天街夜色凉如水，
卧看牵牛织女星[1]。

**注释**

①牵牛织女：牵牛星在河东，织女星在河西。因触怒天帝受罚，只准每年七夕渡河相聚一次。

## 译文

秋夜烛光照着冷冰冰的画屏，
手拿轻罗团扇扑打流萤。
京城长街的夜色清凉如水，
卧看天河上的牛郎织女星。

## 题解

此诗为宫怨诗，描写宫女在秋夜无聊扑萤和不眠卧看星星的情景，含蓄表现幽闭深宫的宫女寂寞孤独和难以诉说的满怀心事。意境凄楚。

# 中秋月

苏轼

暮云收尽溢清寒，
银汉无声转玉盘①。
此生此夜不长好，
明月明年何处看？

**注释**

①玉盘：形容月亮皎洁明亮。

## 译文

晚云散尽空中寒气四溢，
银河悄无声息月儿转动有如玉盘。
一生之中如此月夜并不长见，
不知明年会在何处把明月赏看？

## 题解

此诗为作者赏月抒感之作。前二句描写美丽的中秋月色，后二句转为抒感，慨叹月夜不长好明年不知在何处看月，抒发了因长期受贬，深感人事无常的伤感之情。

## 江楼感旧　赵嘏

独上高楼思悄然，
月光如水水如天。
同来玩月人何处？
风景依稀似去年。

### 译文

独自登上高楼黯然神伤，
月光像流水流水闪银光。
去年同来赏月的人今在何处？
只有风景还和去年一样。

### 题解

此诗是诗人在月夜重游江楼抒感之诗。美丽的月夜如旧，但人事已非，睹物伤怀，思绪万千，诗人心中充溢着人事无常的惆怅之情，今昔对比，感情真挚。

## 题临安邸　林升

山外青山楼外楼，
西湖歌舞几时休？
暖风熏得游人醉，
直把杭州作汴州[1]。

注释<<<

①汴州：北宋的都城，今河南省开封市。

## 译文

山外还有青山楼外还有楼,
西湖上的歌舞何时才罢收?
暖风熏得游人如痴如醉,
竟把杭州当做了京都汴州。

## 题解

此诗是诗人游经临安(南宋当时的都城,今浙江杭州市)一家客店的题壁诗。诗中描写偏安一隅的南宋统治者醉生梦死的腐朽生活,对他们给与了尖锐的讥讽,表现了作者忧国忧民之情。

# 晓出净慈寺送林子方

杨万里

毕竟西湖六月中,
风光不与四时同。
接天莲叶无穷碧,
映日荷花别样红。

## 译文

毕竟是六月的西湖最好,
风光景物与其他季节都不同。
和天相连的莲叶一片碧绿,
阳光照耀的荷花格外鲜红。

## 题解

此诗亦是描写西湖的名作。诗人选取最具特色的景物莲荷,动人地描写了西湖六月特有的美丽风光。形象鲜明,写景如绘。

## 饮湖上初晴后雨 苏轼

水光潋滟晴方好[1]，
山色空濛雨亦奇[2]。
欲把西湖比西子[3]，
淡妆浓抹总相宜。

注释<<<

①潋滟(liàn yàn)：形容水波流动的样子。
②空濛：朦胧缥缈。
③西子：即古代美女西施。

### 译文

水波荡漾晴天的西湖好美，
烟雨濛濛迷茫山色更奇。
想把那西湖比做西施，
不论是淡妆还是浓抹都一样秀丽。

### 题解

此诗是诗人任杭州通判时所作咏西湖诗作名篇。诗人以神来之笔，描写西湖的水光山色，用西子为喻空灵而又贴切，表现了西湖千姿百态无与伦比的美。

## 入 直 周必大

绿槐夹道集昏鸦，
敕使传宣坐赐茶[1]。
归到玉堂清不寐[2]，
月钩初上紫薇花。

注释<<<

①敕使：传达圣旨的使臣。
②玉堂：翰林院的代称。

## 译文

夹道的绿槐树上聚满昏鸦，
奉旨入宫召见皇帝赐坐赏茶。
回到翰林院神思清醒难以入睡，
一直到新月如钩照亮紫薇花。

## 题解

此诗全名《入直召对选德殿赐茶而退》，是作者被皇帝召见后抒怀之作。诗中描写了被召见后难以入睡的激动喜悦情景，表现心态颇真实。

# 夏日登车盖亭　蔡确

纸屏石枕竹方床，
手倦抛书午梦长。
睡起莞然成独笑[①]，
数声渔笛在沧浪。

注释 <<<

①莞然：微笑状。

## 译文

躺在纸屏后竹床上头枕石枕，
手酸软了便抛开书进入梦乡。
醒后回忆梦境不禁独自微笑，
几声渔笛回荡在波浪之上。

## 题解

此诗是作者被贬官后回乡隐居时作。诗中描写了隐居读书休憩的情景，抒写闲适心态旷达情怀真实动人。

## 直玉堂作

洪咨夔

禁门深锁寂无哗，
浓墨淋漓两相麻[1]。
唱彻五更天未晓，
一墀月浸紫薇花[2]。

注释

①两相麻：麻，指诏书。两相麻，两次起草诏书。
②墀(chí)：台阶。

### 译文

宫门紧锁静悄悄没有喧声，
浓墨淋漓挥洒两份诏书写成。
五更已报天还没有放亮，
满阶紫薇花在月光下分外晶莹。

### 题解

此诗是作者在宫中值班即事之作。诗中描写值班浓墨淋漓起草诏书的情景，表现作者自豪得意的心情。

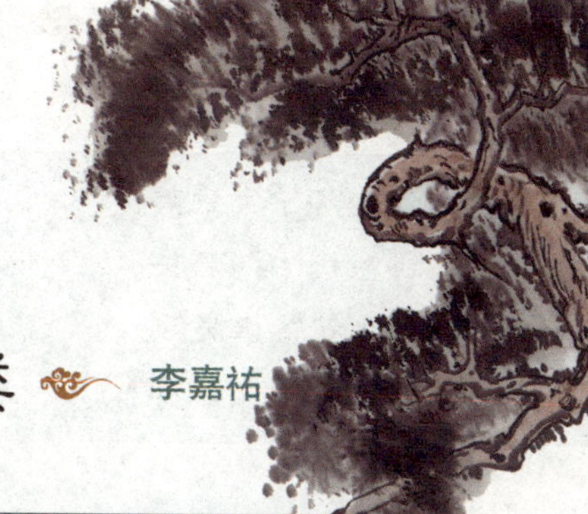

## 竹 楼

李嘉祐

傲吏身闲笑五侯[1]，
西江取竹起高楼。
南风不用蒲葵扇，
纱帽闲眠对水鸥。

注释

①傲吏：傲世独立的官吏，作者自称。五侯：泛指权贵。

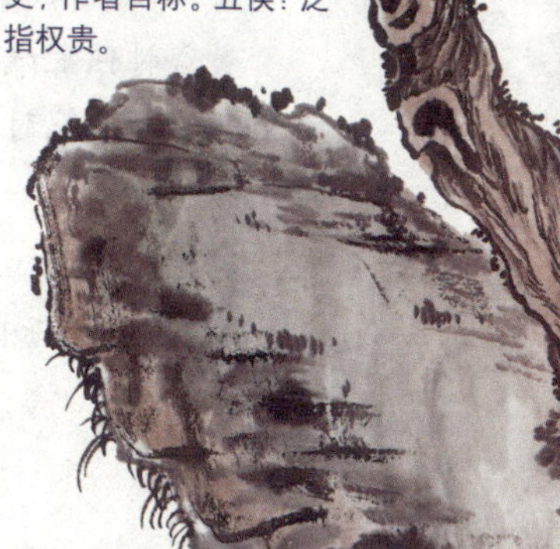

## 译文

孤傲的官员清闲自在蔑视五侯，
用竹子在西江边搭起高楼。
自有南风送暖不用蒲葵扇，
纱帽搁在一边安眠对着水鸥。

## 题解

此诗刻画了一个笑傲权贵、不求闻达、淡泊名利的官吏形象，表现出追求闲适生活潇洒旷达的情怀。

# 直中书省 白居易

丝纶阁下文章静[1]，
钟鼓楼中刻漏长。
独坐黄昏谁是伴，
紫薇花对紫薇郎[2]。

注释 <<<

①丝纶阁：即中书省，皇帝颁发诏书处。
②紫薇郎：即中书侍郎。

## 译文

在寂静的丝纶阁里撰写诏书，
钟鼓楼中报晓的漏声悠长。
黄昏时独坐谁与我做伴，
只有紫薇花对着我这紫薇郎。

## 题解

此诗是作者任中书舍人时值夜班时所作。抒写的是闲暇无事颇为寂寞的心情。

## 作者介绍

白居易(772—846)，字乐天，晚号香山居士，祖籍下邽(今陕西渭南市)，他出生于河南新郑。二十八岁中进士，授秘书省校书郎，历任翰林学士、左拾遗等职，因直言极谏，被贬江州司马。后由中书舍人出任杭州、苏州等地刺史，官至刑部尚书，晚年寓居洛阳。

白居易是唐代著名现实主义诗人，他曾和元稹等人共同倡导了新乐府运动，主张诗歌应反映人民疾苦，揭露弊政，“文章合为时而著，歌诗合为事而作”，他创作了不少讽喻诗，在我国文学史上产生很大影响。除了讽喻诗外，他也创作了不少优秀的抒情诗和叙事诗，如《长恨歌》、《琵琶行》等。他的诗歌风格平易自然，具有鲜明的艺术特色，其艺术成就在唐代仅次于李（白）、杜（甫）。

# 观书有感　朱熹

半亩方塘一鉴开，
天光云影共徘徊。
问渠那得清如许？
为有源头活水来。

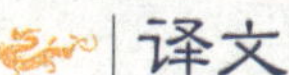

## 译文

那半亩方塘像展开一面明镜，
天光云影多姿多彩在镜中徘徊。
请问为什么会清到这般地步？
只因为有源头活水汩汩涌来。

## 题解

此诗以形象比喻说明读书必须有灵活的头脑和敏捷的思维，要活读不要死读，才能得到准确的知识，才能不糊涂，进入理想的境界。

## 泛舟　朱熹

昨夜江边春水生，
艨艟巨舰一毛轻[1]。
向来枉费推移力，
此日中流自在行。

**注释**

①艨艟(méng chōng)：古代一种庞大的战舰。

### 译文

昨夜江边春水哗哗上涨，
江上的艨艟巨舰就像一毛轻飘。
想昔日曾枉费多少推移之力，
今日却能自由自在驰骋中流。

### 题解

此诗为《观书有感》另一诗，诗以巨舟得以通行须有大水为喻，说明读书要遵循一定的规律，要不断积累知识，打好基础，才可能进入理想境界，获得巨大的成功。

## 冷泉亭[1]　林稹

一泓清可沁诗脾[2]，
冷暖年来只自知。
流出西湖载歌舞，
回头不似在山时。

**注释**

①冷泉亭：亭名，在今浙江省杭州西湖灵隐寺前飞来峰下。
②泓：水深状。清可：清新可人。

## 译文

一泓清澈的泉水沁润诗人心脾，
冷暖炎凉年复一年自己心知。
流入到西湖去浮载歌舞游船，
回头一看已不像当初在山里之时。

## 题解

此诗通过对冷泉在山和出山前后不同的变化，抒写作者厌恶尘世污浊，渴望回归自然的纯真本性的情怀，内涵隽永。

# 冬景

苏轼

荷尽已无擎雨盖[1]，
菊残犹有傲霜枝。
一年好景君须记，
最是橙黄橘绿时。

注释

①擎雨盖：形容荷叶形状如伞。

## 译文

荷花落尽已经见不到擎雨的叶盖，
秋菊凋残却仍然挺立在傲霜干枝。
一年中最好景致你应该记得，
就是这橙子金黄橘子葱绿之时。

## 题解

此诗又名《赠刘景文》，为咏物颂人之作。诗中描写初冬景色，以荷残菊傲桔绿橙黄表现初冬生机勃勃的美好境界，借物赞人，赞颂友人刘景文的耿介品格。

# 枫桥夜泊　张继

月落乌啼霜满天，
江枫渔火对愁眠。
姑苏城外寒山寺①，
夜半钟声到客船。

注释 

①姑苏：苏州别称。寒山寺：在枫桥附近，原名妙利善明塔院。相传唐代名僧寒山曾住此寺，故名。

##  译文

月儿西落乌鸦啼叫寒霜满天，
对着江枫渔火愁闷难眠。
姑苏城外的寒山寺里，
半夜的钟声传到了客船。

## 题解

此诗为山水诗名篇，诗中描写霜天凄清，残月朦胧，乌啼悲凉，疏钟远送，游子愁对渔舟独伴渔火，突出渲染了清冷孤寂气氛，刻画了幽深的意境。千百年来脍炙人口。

## 作者介绍

张继（生卒年不详），字懿孙，襄州（在今湖北省襄樊市）人。天宝十二年（753）中进士。曾佐戎幕，又做过盐铁判官。唐代宗大历年间（766—779）入朝为内侍，大历末年任检校祠部员外郎。死于洪州（今江西省南昌市）。张继经历了安史之乱，但他的诗歌却对这一时期唐王朝的政治腐败、社会矛盾加剧、安史之乱给人民带来的痛苦等等，缺乏较深刻的反映。只有少数几篇描绘了这一时期社会动乱的某些景象。唐人高仲武在《中兴间气集》中称誉他“秀发当时，诗体清迥”。的确，张继的那些写景状物的律绝，大都清丽自然，在艺术上有一定成就。

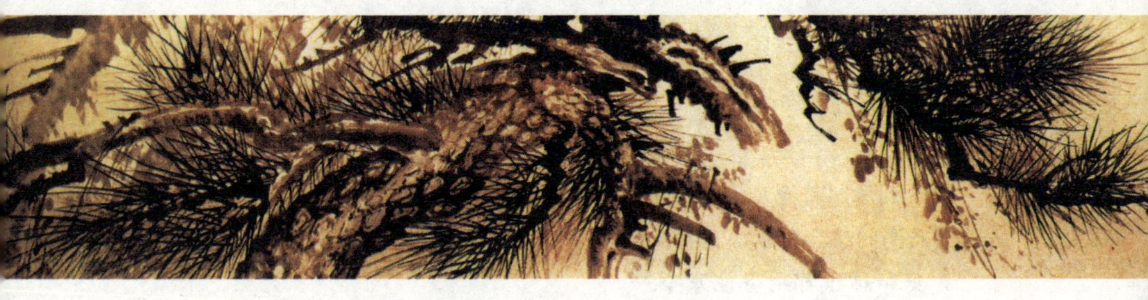

## 寒夜 杜耒

寒夜客来茶当酒，
竹炉汤沸火初红。
寻常一样窗前月，
才有梅花便不同。

### 译文

寒夜里客人到来以茶当酒，
竹炉上开水沸了炉火通红。
和平常一样的窗前明月，
有了梅花飘香月色便大不相同。

### 题解

此诗描写寒夜和友人欢快聚饮的情景，表现友情的温馨愉悦，抒写了高雅的情怀。

## 霜月 李商隐

初闻征雁已无蝉，
百尺楼台水接天。
青女素娥俱耐冷[1]，
月中霜里斗婵娟[2]。

注释 <<<

①青女：主霜雪的女神。素娥：即嫦娥。
②婵娟：美好艳丽的姿容。

## 译文

初听到雁叫时蝉儿已无踪影，
百尺高的楼台上水与天相连。
青女和嫦娥都耐得住寒冷，
在月光和霜天里争妍斗艳。

## 题解

此诗即景描写秋夜赏看霜月，运用奇巧的想象，描写了霜青月白交相辉映，仙女斗艳的瑰丽神奇的境界，抒发了诗人超尘脱俗向往光明的高情远意。

## 作者介绍

李商隐(813—858)，字义山，号玉谿生，怀州河内(今河南省沁阳县)人。文宗开成二年(837)进士。他生活在唐朝趋于衰败的晚唐时代，对于皇上昏庸，宦官专权，藩镇跋扈，深为不满。因此，他热望革新。然而，在当时的朋党倾轧中，他始终被排斥，在卑微的幕僚生活中度过了一生，四十五岁抑郁而终。不少“无题”诗，有的在政治上有所寓意，有的是回顾自己经历或描写爱情，主题并不一致，内容较为复杂。在艺术上，李商隐继承了屈原、李白、李贺的积极浪漫主义精神和杜甫严谨、深沉、雄浑的特点，又融合了齐梁诗的绮丽浓艳的色彩，以自己的创作实践开创了新的风格和流派。他的诗构思新颖，想象奇妙，词句精辟，形象鲜明，能以短小的篇幅，容纳丰富的思想内容，具有强烈的艺术感染力。他擅长近体，以七律成就最高，与杜牧齐名，人称“小李杜”。

## 梅　王淇

不受尘埃半点侵，
竹篱茅舍自甘心。
只因误识林和靖[1]，
惹得诗人说到今。

**注释**

①林和靖：北宋名士林逋，品行高洁，以爱梅著称。

### 译文

清纯的身上不染半点灰尘，
住在竹篱草屋里也甘心。
只因为无意中结识了林和靖，
才引得诗人把佳话传到如今。

### 题解

此诗咏物况人，描写梅花不受浊尘污染、自甘淡泊的高清形象，赞颂淡泊名利超尘脱俗的高雅士人。

## 早　春　白玉蟾

南枝才放两三花，
雪里吟香弄粉些[1]。
淡淡著烟浓著月，
深深笼水浅笼沙。

**注释**

①弄：赏玩。

## 译文

朝南的梅枝才绽放几朵小花，
人们便在雪地里赞赏她的香雅。
淡淡的青烟和着浓浓的月色，
深深地笼着寒水浅浅地笼着白沙。

## 题解

此诗写初春景色，主要描写梅花初绽的美景和情韵，抒写了诗人迎春的喜悦心情。

# 雪梅 二首 卢梅坡

## （其一）

梅雪争春未肯降，
骚人搁笔费评章[1]。
梅须逊雪三分白，
雪却输梅一段香。

**注释**

①骚人：指诗人。评章：评论。

## 译文

梅花与雪花互争春色谁也不相让，
使得诗人只好搁笔费心思量。
梅花比雪花少了三分洁白，
雪花却输给梅花一段清香。

## 题解

此诗就雪与梅的高下立意，指出雪与梅各有优长，也各有逊色之处，无须争强斗胜，才可相得益彰，补短得强，共显春色之美，作者称赏了谦逊的美德。

## （其二）

有梅无雪不精神，
有雪无诗俗了人。
日暮诗成天又雪，
与梅并作十分春。

### 译文

只有梅花没有雪不会精神，
只有雪没有诗便是俗人。
日暮时节吟成新诗天又下雪，
和梅花三合一便有春色十分。

### 题解

此诗承上诗进一步申说雪梅关系，指出雪梅二者缺一不可，缺一则不美，又指出只有雪、梅、诗三者合一才是最高的境界，才有高雅美丽的春色，表现了作者对高雅脱俗的美的追求。

## 答钟弱翁[1]

牧童

草铺横野六七里，
笛弄晚风三四声。
归来饱饭黄昏后，
不脱蓑衣卧月明。

注释<<<

①钟弱翁：名钟傅，宋朝饶川乐平人，官至龙图阁学士。

## 译文

碧草铺满了六七里广阔原野，
晚风中笛声在高空飞扬。
归来吃饱饭已是黄昏后，
蓑衣也不脱卧看天上明亮月光。

## 题解

此诗以牧童自况，描写了乡村牧童自由自在、无拘无束、悠然自得的生活，表现作者厌倦官场险恶、向往自由生活的愿望。

# 泊秦淮[1] 杜牧

烟笼寒水月笼沙，
夜泊秦淮近酒家。
商女不知亡国恨，
隔江犹唱《后庭花》[2]。

注释 <<<

①秦淮：即秦淮河。相传为秦始皇开凿，用以疏通淮水，故名。
②《后庭花》：陈后主所作曲名称。

## 译文

轻烟笼罩寒水月光笼罩白沙，
夜晚船停秦淮河靠近酒家。
歌女们不知道亡国的仇恨，
隔着江岸依然高唱《后庭花》。

## 题解

本诗通过描写夜泊秦淮所见所闻，表现晚唐社会沉溺声色的腐败世风，抒写了诗人对国事日非的忧虑。情感深沉，讥讽深刻。

# 归雁 钱起

潇湘何事等闲回[①]？
水碧沙明两岸苔。
二十五弦弹夜月[②]，
不胜清怨却飞来。

注释 <<<

①潇湘：潇水与湘水在湖南合流，称潇湘。
②二十五弦：古瑟有二十五弦。

## 译文

为什么轻易地从潇湘飞回？
江水碧绿沙滩明净两岸长满青苔。
明月夜湘水女神弹奏二十五弦，
无限哀怨凄凉的曲音向耳际传来。

## 题解

此诗为历代咏雁名作之一。诗以设问的形式，借诗人和大雁的问答，抒写了悠长深沉的思乡之情，倾吐羁旅客乡的宦游之愁。

## 作者介绍

钱起（722—780），字仲文，吴兴（今浙江省无兴县）人。天宝十年（751）进士，历任校书郎，考功郎中翰林学士，是大历十才子之一。前人对钱起诗歌评价甚高，但其作品多为唱和、应制、吟咏山水，寄情闲逸，一般较少写社会动乱及人民生活，缺乏社会意义。钱起的诗语言精工，词藻清丽。

# 七言律诗

## 早朝大明宫

贾至

银烛朝天紫陌长①，
禁城春色晓苍苍②。
千条弱柳垂青琐③，
百啭流莺绕建章④。
剑珮声随玉墀步⑤，
衣冠身惹御炉香。
共沐恩波凤池上⑥，
朝朝染翰侍君王⑦。

注释 <<<

①紫陌：京城的道路。
②禁城：皇帝的宫苑，禁止一般人进出，故称。
③青琐：宫庭门窗上刻有锁形花纹，涂以青色，故名青琐。
④建章：汉代宫殿名称，此代指唐代宫殿。
⑤玉墀：皇宫中的台阶，多为玉石铺成。
⑥恩波：指皇帝的恩泽。凤池：中书省所在地。
⑦染翰：点染笔墨，撰写诏书。

### 译文

手持银烛上朝排列在长安路上，
拂晓的皇城春色盎然青天苍苍。
千条柔弱柳枝在宫门前低垂，
百只黄莺绕着建章宫婉转啼唱。
走上玉石台阶宝剑玉珮叮当作响，
满身衣冠沾染着御炉的芳香。
一同供职中书省沐浴天子的恩泽，
天天撰写诏书文令侍奉英明君王。

## 题解

此诗描写百官早朝大明宫的情景，诗中描写春日大明宫生机勃勃的景色，渲染欢乐和煦的气氛，进而描写百官朝拜的庄严肃穆景象，突出帝王的尊严和早朝的隆重。对仗工整，辞采典丽，为御制诗上乘之作。

# 和贾舍人早朝[1]

杜甫

五夜漏声催晓箭，
九重春色醉仙桃[2]。
旌旗日暖龙蛇动，
宫殿风微燕雀高。
朝罢香烟携满袖，
诗成珠玉在挥毫。
欲知世掌丝纶美[3]，
池上如今有凤毛[4]。

**注释**

①贾舍人：即贾至。
②九重：皇帝居地。
③世掌：世代掌管代皇帝起草诏书的事。丝纶：皇帝的诏书。帝言有如丝纶。
④凤毛：喻人有文采。

## 译文

五更的漏箭声催促拂晓到来，
皇宫春色宜人红桃像醉酒仙女一样。
温暖阳光下旗帜如龙蛇飘舞，
和煦微风中燕子在宫殿上高高飞翔。
朝拜完满袖都带着浓浓香味，
提笔挥毫便写出珠圆玉润的诗章。
要想知道世代为皇上起草诏书的美好，
凤凰池上如今只有贾舍人文采辉煌。

## 题解

这首和诗内容基本同于贾至诗。也描写了早朝时的美好春色，渲染了百官朝拜的隆重庄严气氛，抒写了朝见的喜悦之情。景情交融，情调优雅。

# 和贾舍人早朝[①] 王维

绛帻鸡人报晓筹[①]，
尚衣方进翠云裘[②]。
九天阊阖开宫殿[③]，
万国衣冠拜冕旒[④]。
日色才临仙掌动[⑤]，
香烟欲傍衮龙浮[⑥]。
朝罢须裁五色诏[⑦]，
佩声归到凤池头[⑧]。

### 注释 <<<

①绛帻（zè）鸡人：宫中担任报时的卫兵。晓筹：更筹，夜里计时的竹签。
②尚衣：官名，隋唐时宫中设尚衣局，掌管天子服饰。
③阊阖（chāng hé）：原为神话中的天门，此指大明宫正门。
④冕旒（miǎn liú）：帝王上朝时所戴头冠，此处代指皇帝。
⑤仙掌：即掌扇，又叫障扇，多以雉尾为饰。
⑥衮（gǔn）龙：卷曲的龙，即龙袍。
⑦五色诏：用五色纸写的诏书。
⑧凤池：凤凰池，指中书省。

## 译文

戴红巾报时官手执更筹报晓，
更衣官才给皇帝进献翠云裘衣。
九重皇宫大门一扇扇打开，
万国使臣躬身朝拜皇帝。
朝阳初升遮阳掌扇悠悠晃动，
香烟绕着龙袍微微飘飞。
朝拜完还要撰写五色诏书，
佩玉声声赶快回到中书省官邸。

## 题解

此诗首先写准备早朝的忙碌气氛，接着写万官朝拜、春光灿烂、香烟飘浮的盛大朝见场面，渲染庄严隆重、气象华贵的景象极为出色。为和诗佳作。

## 和贾舍人早朝[1] 岑参

鸡鸣紫陌曙光寒，
莺啭皇州春色阑[1]。
金阙晓钟万户开[2]，
玉阶仙仗拥千官[3]。
花迎剑佩星初落，
柳拂旌旗露未干。
独有凤凰池上客，
阳春一曲和皆难[4]。

注释 <<<

①皇州：指京城长安。阑：将尽，即指暮春。
②金阙：皇宫。
③仙仗：指仪仗队。
④阳春：古代楚国歌曲名，以高雅著称。

## 译文

金鸡报晓长安街上曙光犹寒，
莺啼婉转皇城内外春色阑珊。
皇宫的晨钟催开千门万户，
玉阶的仪仗簇拥文武百官。
繁星隐去鲜花辉映剑佩，
露水未干垂柳轻拂旗幡。
惟有凤凰池上贾至舍人，
一曲阳春曲奉和起来特难。

## 题解

此篇和诗由暮春景色兴起，继而描写入朝威严景象，以花柳拟人渲染庄严气氛，结联赞颂贾至才华，语言清新，笔力刚劲，景情交融。

# 上元应制　蔡襄

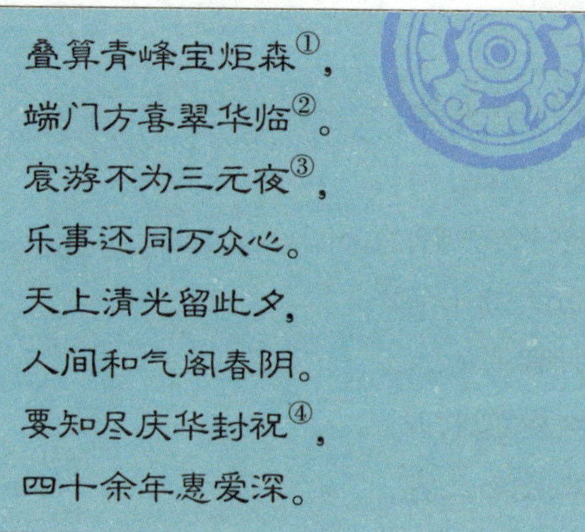

叠算青峰宝炬森[1]，
端门方喜翠华临[2]。
宸游不为三元夜[3]，
乐事还同万众心。
天上清光留此夕，
人间和气阁春阴。
要知尽庆华封祝[4]，
四十余年惠爱深。

注释

①青峰：形容宫灯如山峰层叠。
②端门：皇宫正门，即午门。翠华：皇帝身后的屏扇，此指仪仗队。
③宸游：皇帝出游谓宸游。三元夜：指春为岁之元，正月为春之元，元宵为夜之元。
④华封祝：即华封三祝，相传华州封人为尧帝祝寿祝他长寿、富有、多子，后用以表示对帝王的祝福。

## 译文

彩灯林立像层层叠叠的山峰，
午门喜开皇帝的仪仗队来临。
皇上巡游并不纯为观赏元宵灯市，
而是赏心乐事要与万众同心。
天上明月闪光留连这美好元夜，
人间暖气融融春夜分外温馨。
要知道百姓为何如此祝福天子，
只因四十余年君王的恩泽太深。

## 题解

此诗是作者侍宋仁宗观灯奉命之作。诗中描写了灯会的盛况，赞颂天子与民同乐。景情交融，对仗工整，立意措词很见功夫。

# 上元应制　王淇

雪消华月满仙台①，
万烛当楼宝扇开。
双凤云中扶辇下，
六鳌海上驾山来②。
镐京春酒沾周宴③，
汾水秋风陋汉才。
一曲升平人尽乐，
君王又进紫霞杯④。

注释<<<

①仙台：形容皇帝赏月楼台。
②六鳌：传说中的大海龟，诗中指灯景鳌山。
③镐京：周京都，此指宋代京都。周宴：指周武王在镐京春宴群臣。
④紫霞杯：酒杯名。

## 译文

残雪消融明月洒满仙宫楼台，
万烛放光宝扇仪仗队两边分开。
像双凤在云中扶着御辇下降，
六鳌宫灯如驾山从海上赶来。
春酒宴请像周武王镐京大宴，
群臣赋诗使汾水秋风辞也稍逊一格。
一曲升平歌让人人都尽情欢乐，
君王尽兴又喝干了御酒一大杯。

## 题解

此诗亦是元宵节应制之作。诗人以丰富想象描写了皇帝观赏灯会的热烈隆重的场面，尽情渲染欢快的气氛。格调雍容华贵。

# 侍宴 沈佺期

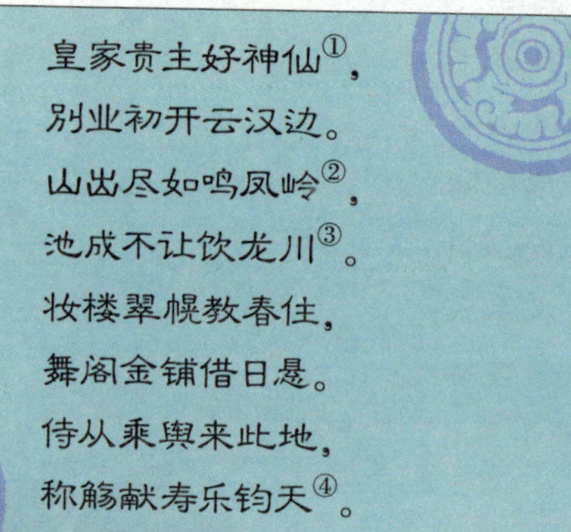

皇家贵主好神仙[1]，
别业初开云汉边。
山出尽如鸣凤岭[2]，
池成不让饮龙川[3]。
妆楼翠幌教春住，
舞阁金铺借日悬。
侍从乘舆来此地，
称觞献寿乐钧天[4]。

**注释 <<<**

①贵主：公主，此指安乐公主，唐玄宗之妹。
②鸣凤岭：长安附近的名山。
③饮龙川：指沂水。
④钧天：天宫乐曲。

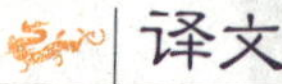

## 译文

皇家的公主喜好供奉神仙，
新建的别墅耸立在高高云天边。
假山嵯峨如西周的鸣凤岭，
池湖浩瀚不逊于饮龙川。
妆楼帘幕碧绿让春天长在，
舞阁铺金缀玉如太阳亮闪。
侍臣陪伴皇帝车驾来到这里，
举杯祝寿钧天曲声震苍天。

## 题解

此诗作于安乐公主新宅宴会上，全诗以夸张笔法描写安乐公主新宅的豪华气派，展示皇室家族的骄奢豪侈。

## 作者介绍

沈佺期（656？—714），字云卿，相州内黄（今河南内黄县）人。高宗上元二年（675）进士，曾任通事舍人、给事中等官。武则天时他媚附权贵张易之，中宗复位后，被流放驩州；后回朝历任起居郎、修文馆直学士、中书舍人等，卒于玄宗开元初。

沈佺期和宋之问的生活经历相似，在诗歌创作倾向上也有相近之处。时称“沈宋”，两人都是当时的宫廷文人。沈佺期的作品大多数是偏重形式的，但在离开宫廷和被流放以后，也写出了一些有生活内容的诗。

# 答丁元珍[1]

欧阳修

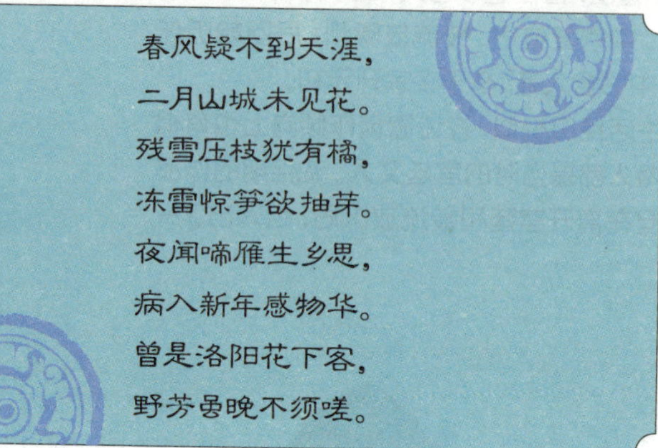

春风疑不到天涯，
二月山城未见花。
残雪压枝犹有橘，
冻雷惊笋欲抽芽。
夜闻啼雁生乡思，
病入新年感物华。
曾是洛阳花下客，
野芳虽晚不须嗟。

注释 <<<

①丁元珍：丁宝臣，字元珍。作者朋友。

## 译文

疑心春风吹不到边远天涯，
已是二月山城还见不到鲜花。
枝头压着残雪仍有冬橘留存，
竹笋被冻雷震醒抽出了新芽。
夜听雁啼生起对家乡的深深思念，
病中进入新年感慨万物的变化。
曾经在洛阳久作花下游客，
野花开得虽晚也无须叹息惊讶。

## 题解

此诗是作者被贬到峡州夷陵答友人之作。诗中描写了山城春晚的荒凉景色，抒发诗人被贬的感伤和对家乡深切思念之情。含蓄蕴藉，情调悲凉。

# 插花吟　邵雍

头上花枝照酒卮，
酒卮中有好花枝。
身经两世太平日①，
眼见四朝全盛时②。
况复筋骸粗康健，
那堪时节正芳菲。
酒涵花影红光溜，
争忍花前不醉归？

注释 

①两世：古代的三十年为一世，两世为六十年，指诗人年过花甲。

②四朝：指宋真宗、仁宗、英宗、神宗四代王朝。

## 译文

头上花枝映照手中的酒杯，
酒杯中有好花妍丽吐香。
亲身经历了两世的太平岁月，
亲眼见到四朝的全盛时光。
况且我筋骨强壮身体健康，
再加上大好季节满目春芳。
酒杯里涵满花影红光流溢，
怎忍心不在花前大醉一场。

## 题解

此诗又称《醉歌》，为作者醉酒抒怀之作。诗中追述自己一生六十年度过的太平岁月和幸福生活，歌颂太平盛世，抒写自得其乐的愉悦之情。节奏明快，格调清新。

# 寓意[1]

晏殊

油壁香车不再逢[2]，
峡云无迹任西东。
梨花院落溶溶月，
柳絮池塘淡淡风。
几日寂寥伤酒后，
一番萧索禁烟中。
鱼书欲寄何由达？
水远山长处处同。

注释

①寓意：寓托一种难以明说的意绪。

②油壁香车：古代贵族妇女乘坐的用油漆涂饰车壁的华贵车子。

## 译文

乘豪华香车的美女再难相逢，
就像巫峡流云东西南北随意飘荡。
梨花盛开的院落月色溶溶，
柳絮飘飞的池塘微风轻扬。
伤酒后几天来精神不振，
寒食节禁烟好不萧索凄凉。
要想寄信怎么能够寄到？
水远山长处处都是一样。

## 题解

此诗抒写对恋人深深相思之情。诗中描写萧索的寒食节，诗人旧地重游，恋人已无影踪，借酒消愁，寄书不达，倍觉凄凉感伤。苦苦相思之情真挚感人。

# 寒食书事 赵鼎

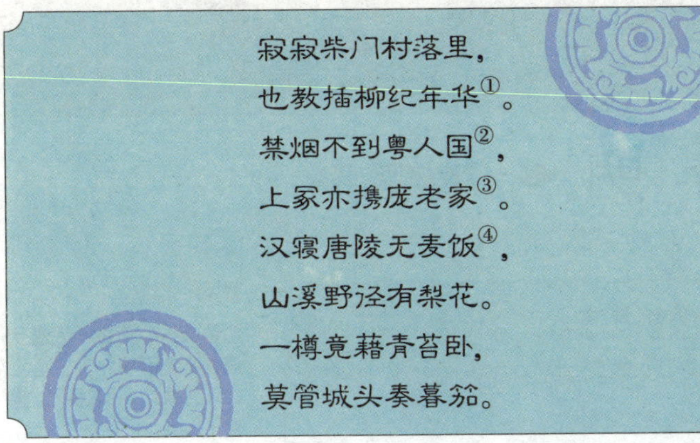

寂寂柴门村落里，
也教插柳纪年华①。
禁烟不到粤人国②，
上冢亦携庞老家③。
汉寝唐陵无麦饭④，
山溪野径有梨花。
一樽竟藉青苔卧，
莫管城头奏暮笳。

注释 <<<

①插柳：古时寒食节民间有插柳的习俗。
②粤人国：指广东岭南一带。
③庞老家：指庞德公一家，东汉襄阳人。
④麦饭：指粗糙的祭品。

## 译文

冷冷清清的荒村柴门上，
也插上柳枝记载岁月年华。
寒食禁烟的习俗还未传到岭南，
但清明上坟还像庞老携带全家。
可惜汉唐皇陵没有祭祀的麦饭，
只有山溪野路边处处绽开梨花。
我手持酒杯醉醺醺卧倒青苔上，
全然不去理会谁在城头吹奏胡笳。

## 题解

此诗是作者被贬潮州时所作。诗中描写寒食节边荒地岭南的特异习俗，抒写作者超然自适的情怀，隐含被贬后的愤懑之情。

# 清明　黄庭坚

佳节清明桃李笑，
野田荒冢只生愁。
雷惊天地龙蛇蛰[1]，
雨足郊原草木柔。
人乞祭余骄妾妇[2]，
士甘焚死不公侯[3]。
贤愚千载知谁是，
满眼蓬蒿共一丘。

注释 <<<

①蛰(zhé)：动物冬眠潜伏洞穴不食不动。
②人乞祭余：用《孟子·离娄下》典。
③士甘焚死：此用介子推典故。

## 译文

清明佳节桃花李花盈盈含笑，
但野地荒坟却让人生起悲愁。
惊天动地的春雷震醒潜伏的龙蛇，
充足的雨水使郊原草木葱翠嫩柔。
齐人乞讨祭食回家向妻妾炫耀，
介子推宁愿被烧死也不去做官封侯。
是贤是愚悠悠千载知道谁是？
满目所见都是一座座同样的坟丘。

## 题解

此诗为清明节抒感之诗。诗人面对墓地座座坟丘，感慨人生短暂，世事如过眼烟云，人死后贤愚难辨。诗中运用对比手法，造成突出的效果，给人深刻印象。

# 清明　高翥

南北山头多墓田，
清明祭扫各纷然[1]。
纸灰飞作白蝴蝶，
泪血染成红杜鹃。
日落狐狸眠冢上，
夜归儿女笑灯前。
人生有酒须当醉，
一滴何曾到九泉？

注释 <<<

①纷然：众多、纷繁、忙乱。

## 译文

南面北面的山头有很多坟墓，
清明时节家家户户祭扫忙碌纷繁。
纸灰飘飞化作满天的白蝴蝶，
泪血斑斑染成遍地的红杜鹃。
黄昏日落后狐狸安眠在坟冢上，
扫墓归来儿女们欢笑在灯前。
人生在世有酒就当畅饮酣醉，
死后何曾有一滴流到九泉。

## 题解

此诗为清明节抒感之作。诗中描写清明祭扫的情景，渲染祭扫气氛的悲凉，结尾抒发了应及时行乐的感慨。

# 郊行即事 程颢

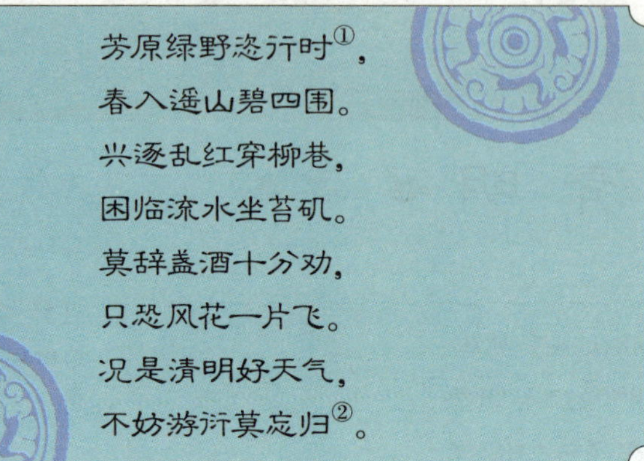

芳原绿野恣行时①，
春入遥山碧四围。
兴逐乱红穿柳巷，
困临流水坐苔矶。
莫辞盏酒十分劝，
只恐风花一片飞。
况是清明好天气，
不妨游衍莫忘归②。

注释 <<<

①恣行：行为放纵、任意。
②游衍：游玩、留连。

## 译文

花红草绿的郊野任你恣意游逛，
春色进入远山四周一片碧翠。
乘兴随着落花穿过柳树林，
困倦时坐在溪边青苔上解除疲惫。
莫要推辞杯中美酒尽情地酣饮，
只担忧风卷残红片片飘飞。
况且正逢清明佳节的好天气，
无妨尽情游玩但别忘了回归。

## 题解

此诗为作者春日郊游抒怀之作。诗人在诗中描绘春日郊野清新美好的自然景色，抒发了沉醉于大自然的欢快愉悦之情。

# 秋千　僧惠洪

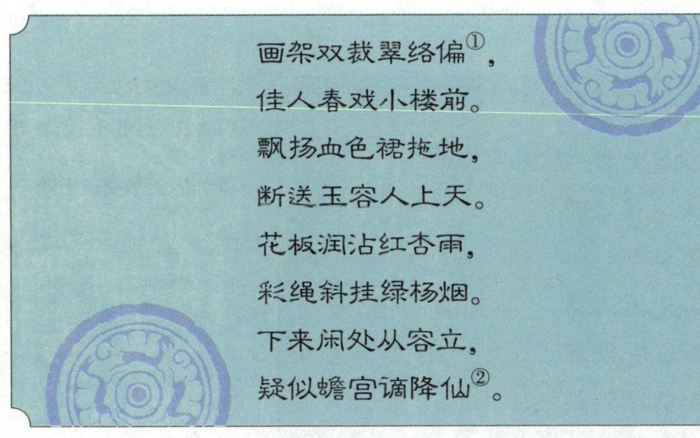

画架双裁翠络偏①，
佳人春戏小楼前。
飘扬血色裙拖地，
断送玉容人上天。
花板润沾红杏雨，
彩绳斜挂绿杨烟。
下来闲处从容立，
疑似蟾宫谪降仙②。

**注释** <<<

①翠络：绿色的秋千绳。
②蟾宫：指月亮。

##  译文

彩画秋千架两边挂着翠绿丝绳，
美人正欢荡秋千嬉戏在小楼前。
拖地的鲜红长裙随风飘荡，
花容如玉的佳人被送上了青天。
红杏花瓣似雨点沾濡雕花踏板，
彩绳斜挂游荡于绿杨轻烟。
从秋千架下来在空地上亭亭玉立，
真疑心是月宫仙女谪降到人间。

##  题解

此诗着意描绘美丽少女在春日欢荡秋千的动人情景，表现了少女的娇美。形象鲜明，境界优美。

# 曲江 二首[①] 杜甫

## （其一）

一片飞花减却春，
风飘万点正愁人。
且看欲尽花经眼，
莫厌伤多酒入唇。
江上小堂巢翡翠，
苑边高冢卧麒麟。
细推物理须行乐[②]，
何用浮名绊此身。

注释 <<<

①曲江：河名，在长安城南。
②物理：万物变迁之理。

### 译文

一片落花减损了妩媚春色，
风儿飘落万点残红多么愁人。
暂且去看要落尽的花从眼前经过，
莫要担心酒多伤人而不开怀痛饮。
曲江上小楼里翡翠鸟筑起新巢，
芙蓉苑高高坟丘上踞卧着麒麟。
细细地推究物理应及时行乐，
何必要追求浮名束缚自身。

### 题解

此诗是安史之乱后诗人重返京城游曲江时所作。诗中描写曲江岸暮春衰败景色，感慨物是人非，抒写了感时伤春之情。

## （其二）

朝回日日典春衣，
每日江头尽醉归。
酒债寻常行处有[①]，
人生七十古来稀。
穿花蛱蝶深深见[②]，
点水蜻蜓款款飞。
传语风光共流转[③]，
暂时相赏莫相违。

**注释**

①行处：到处。
②蛱蝶：蝴蝶。
③传语：寄予。共流转：一起变。

### 译文

上朝回家天天典当春衣，
每天都到江头大醉而归。
处处欠酒债这已是平常事，
人生能活到七十岁自古就稀。
蝴蝶穿过花丛时隐时现，
蜻蜓掠过水面缓缓而飞。
寄语大好春光让我们一起流连，
即便是暂时赏看也莫违背心意。

### 题解

此诗亦是抒写感时伤春之情。诗中描写了作者典衣纵酒，苦中作乐的情景，也表达了作者融入自然与春光共留连的超脱情怀。

# 黄鹤楼

崔颢

昔人已乘黄鹤去，
此地空余黄鹤楼①。
黄鹤一去不复返，
白云千载空悠悠。
晴川历历汉阳树，
芳草萋萋鹦鹉洲②。
日暮乡关何处是，
烟波江上使人愁。

注释 <<<

①黄鹤楼：三国吴修建的名楼，旧址在今湖北省武汉市武昌蛇山的黄鹄矶头，下临长江，为登览胜地。
②鹦鹉洲：长江中的小洲，位于今汉阳西南江面上。

## 译文

从前的仙人已乘黄鹤飞去，
此地空剩下一座黄鹤楼。
黄鹤一去再也没有返回，
千万年来只有白云悠悠飘浮。
晴川阁下汉阳树木历历可见，
鹦鹉洲上芳草长得葱郁繁茂。
天近黄昏家乡可在哪里，
江上烟波浩渺让人烦愁。

## 题解

本诗描写在黄鹤楼上远眺所见壮丽景色，借神话传说由黄鹤一去不返空留悠悠白云，表现人生有限宇宙无穷的思想，抒写作者怀家思乡深情。气象雄浑，意蕴深厚。

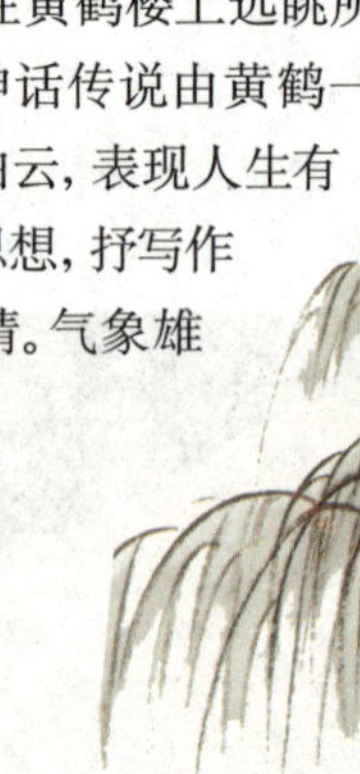

# 旅怀　崔涂

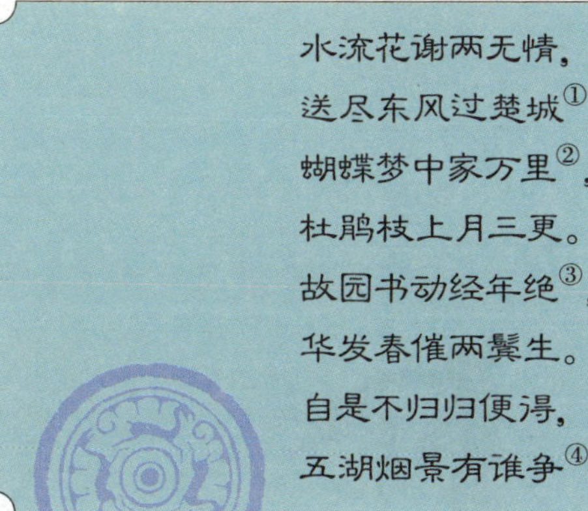

水流花谢两无情，
送尽东风过楚城[①]。
蝴蝶梦中家万里[②]，
杜鹃枝上月三更。
故园书动经年绝[③]，
华发春催两鬓生。
自是不归归便得，
五湖烟景有谁争[④]。

注释 

①楚城：春秋战国时楚地，今两湖地区。
②蝴蝶梦：用《庄子》梦中化蝴蝶典故。
③经年：满一年。
④五湖：即太湖，代指作者家乡。

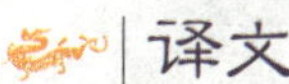

## 译文

流水落花都那么无情，
送走了东风走过楚城。
梦中化蝴蝶离家万里之外，
杜鹃在枝头啼鸣月色已是三更。
故乡的书信经年都收不到，
花白头发被春光催得两鬓频生。
是因为自己不愿归去如要归也可以，
五湖的烟景有谁会来相争？

## 题解

此诗为旅途抒怀之作。诗中描写暮春时节的衰败景色和途中生起的思乡之情，抒写了羁旅游子的忧愁和感伤。

# 答李儋 韦应物

去年花里逢君别，
今日花开又一年。
世事茫茫难自料，，
春愁黯黯独成眠。
身多疾病思故里，
邑有流亡愧俸钱①。
闻道欲来相问讯，
西楼望月几回圆。

**注释**

①邑：指所属县邑。流亡，指灾民。

## 译文

去年花开的时候与你分别，
今日花开的时候又是一年。
世事茫茫变幻难以预料，
春日里心情黯然独自成眠。
身患多种病很想早日回乡，
眼见流亡人惭愧领了俸钱。
听说你还要来看望我，
天天上西楼望月盼与你相见。

## 题解

此诗是作者任苏州刺史时寄赠友人之作。诗中表现了对友人的怀念，也向友人抒发自己情怀，慨叹世事变化，疾病缠身，为自己为官未尽责无功受禄感到惭愧，被范仲淹叹为“仁人之言”。李儋（dān）：字元锡。甘肃武威人，曾官殿中侍御史，常与韦应物酬唱。

# 江村 杜甫

清江一曲抱村流[1]，
长夏江村事事幽。
自去自来梁上燕，
相亲相近水中鸥。
老妻画纸为棋局，
稚子敲针作钓钩。
多病所需惟药物，
微躯此外复何求。

注释 <<<

①清江：此指浣花溪。

## 译文

一湾清清江水环抱山村奔流，
长长的江村夏日处处宁静清幽。
梁上有飞来飞去的双燕，
水中有相亲相爱的白鸥。
老妻在纸上画出棋盘，
小儿细敲银针作为鱼钩。
多病的老身所需惟有药物，
微薄的人此外还有何奢求。

## 题解

此诗是诗人在成都西郊草堂生活纪实。诗中描写了清幽的初夏景色、田园风光以及一家人的安闲生活，也隐约地抒写了抑郁之情。

# 夏日　张耒

长夏江村风日清，
檐牙燕雀已生成[1]。
蝶衣晒粉花枝舞，
蛛网添丝屋角晴。
落落疏帘邀月影，
嘈嘈虚枕纳溪声。
久斑两鬓如霜雪，
直欲樵渔过此生。

**注释**

①檐牙：屋檐斗拱。

## 译文

漫长的夏天山村风和日丽，
屋檐上燕子麻雀已经长成。
彩蝶晾翅晒粉在花丛飞舞，
蜘蛛结网添丝屋角上一片晴明。
疏落的竹帘邀来朗朗月影，
空空的枕边传来嘈杂的溪声。
久已斑白的两鬓如霜似雪，
真想在此地斫柴捕鱼度过一生。

## 题解

此诗是作者罢官后闲居乡村时作。诗中描写了漫长夏日江村燕飞蝶舞月明水流的美好风光，抒写了作者闲适自得的情怀。

# 辋川积雨　王维

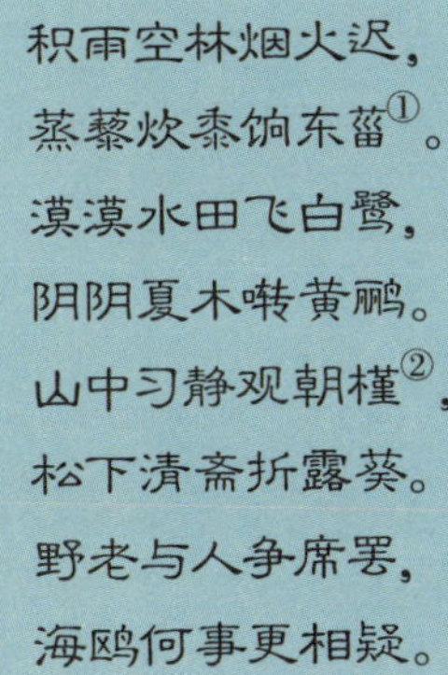

积雨空林烟火迟，
蒸藜炊黍饷东菑[1]。
漠漠水田飞白鹭，
阴阴夏木啭黄鹂。
山中习静观朝槿[2]，
松下清斋折露葵。
野老与人争席罢，
海鸥何事更相疑。

注释 <<<

①藜：一年生草本植物，嫩叶可食。此处泛指菜蔬。饷：送饭。菑（zī）：已耕种了一年的熟地。此指东边地里的农民。
②朝槿：木槿花，夏秋之际开花，朝存暮落。

## 译文

连雨时节空林中炊烟徐徐升起，
蒸饭烧菜送到东边的庄稼地。
漠漠水田上空低飞着白鹭，
密密树林中黄莺婉转欢啼。
山中养性静观木槿花开花落，
松下素食采折露葵充饥。
野老早已经不与人争席，
海鸥还为何事要去猜疑。

## 题解

此诗为作者田园诗的代表作。鲜明地描写了夏日过后田园湿润清幽、白鹭飞翔、黄莺啼鸣的美丽风光，也抒写了作者安居乡野、修心养性的闲适自得的情怀。辋川：即辋川别墅。

# 新竹 陆游

插棘编篱谨护持[1]，
养成寒碧映涟漪。
清风掠地秋先到，
赤日行天午不知。
解箨时闻声簌簌[2]，
放梢初见影离离。
归闲我欲频来此，
枕簟仍教到处随[3]。

注释 <<<

①棘：荆棘。
②解箨（tuò）：此指笋皮脱落。
③簟（diàn）：竹席。

## 译文

用荆条编成篱笆小心地保护，
新竹长成碧绿阴凉倒映在水里。
清风掠过地面秋天提前来到，
赤日当空也不觉得是炎炎夏日。
笋壳脱落常可听到簌簌响声，
抽枝出梢便见竹影散乱迷离。
休闲回家时我要经常来到这里，
带着枕头和竹席处处都可休息。

## 题解

此诗以新竹为中心，描写竹林形成经过和夏日竹林的幽静清新凉爽宜人，抒发了诗人热爱大自然的高雅情怀。

# 夏夜宿表兄话旧　窦叔向

夜合花开香满庭[①]，
夜深微雨醉初醒。
远书珍重何由达？
旧事凄凉不可听。
去日儿童皆长大，
昔年亲友半凋零。
明朝又是孤舟别，
愁见河桥酒幔青[②]。

注释 <<<

①夜合花：指合欢花，其叶昼开夜合。
②酒幔（màn）：酒幌。

## 译文

夜合花盛开香气弥漫院庭，
夜已深洒小雨醉后刚刚醒。
寄往远方的信怎么能送到？
往事太凄凉了不忍心再听。
过去的孩子们都已经长大，
从前的亲戚朋友大半凋零。
明日清晨我又乘孤舟别离，
发愁看见河桥的酒旗青青。

## 题解

此诗为作者夜宿表兄处，与其表兄话旧辞别的抒情诗。话旧：叙旧，追叙往事。窦叔向：字遗直，扶风平陵(今陕西咸阳县西北)人，中唐诗人。

# 偶成　程颢

闲来无事不从容，
睡觉东窗日已红。
万物静观皆自得[1]，
四时佳兴与人同。
道通天地有形外，
思入风云变态中。
富贵不淫贫贱乐[2]，
男儿到此是豪雄。

①静观：冷静地观察。
②"富贵"句：语出《孟子·滕文公下》："富贵不能淫，贫贱不能移。"

## 译文

心闲气静做什么事都从从容容，
一觉醒来东窗已是日光通红。
静观世间万物都会心有所得，
欣赏四季佳景人人心情相同。
大道贯通于天地一切有形无形事物，
思想渗透到风云变幻的运动之中。
富贵时不奢淫贫贱时仍快乐，
男子汉到达这个境界才是豪雄。

## 题解

此诗可谓哲理诗，写的是诗人对生活的感悟，对道的感悟，对人生真谛的感悟，表达了诗人追求的理想境界。

# 游月陂　程颢

月陂堤上四徘徊[①]，
北有中天百尺台[②]。
万物已随秋气改，
一樽聊为晚凉开。
水心云影闲相照，
林下泉声静自来。
世事无端何足计，
但逢佳节约重陪。

注释 

①月陂（bēi）：弯月形的池塘。
②中天：即天中，天空之中。

## 译文

在弯月形的池塘边四处徘徊，
北方天空中耸立着百尺高台。
草木随秋气降临容颜已改，
饮一杯酒姑且把晚凉赶开。
水中央有云影悠闲来映照，
树林下的清泉声从寂静中传来。
世事变化无端哪里值得计较，
只要遇到佳节约定再来相陪。

## 题解

此诗为作者游览月陂堤观景抒怀的记游诗。

# 秋兴 八首 杜甫

## (其一)

玉露凋伤枫树林，
巫山巫峡气萧森。
江间波浪兼天涌，
塞上风云接地阴①。
丛菊两开他日泪，
孤舟一系故园心。
寒衣处处催刀尺②，
白帝城高急暮砧③。

**注释**

①地阴：地面的寒气。
②催刀尺：催促人裁制新衣。
③白帝城：在原四川奉节县城外山上。

## 译文

白露使枫树林凋零败落，
巫山巫峡的气象萧瑟阴森。
江中的波涛连天汹涌翻滚，
边塞风云席卷大地一片阴沉。
两度菊开流落他乡悲泪滂沱，
一只孤舟紧系怀念故园之心。
赶制寒衣家家户户操刀拿尺，
白帝城高处传来急促砧声。

## 题解

此诗为组诗八首之首，既写秋景，又抒感慨。钱谦益《杜工部集笺注》解云："江间塞上，状其悲壮；丛菊孤舟，写其凄紧；末二句结上生下。江间汹涌，则上接风云；塞上阴森，则下连波浪。此所谓悲壮。丛菊两开，储别泪于他日；孤舟一关，储归心于故园，此所谓凄紧也。"

## （其三）

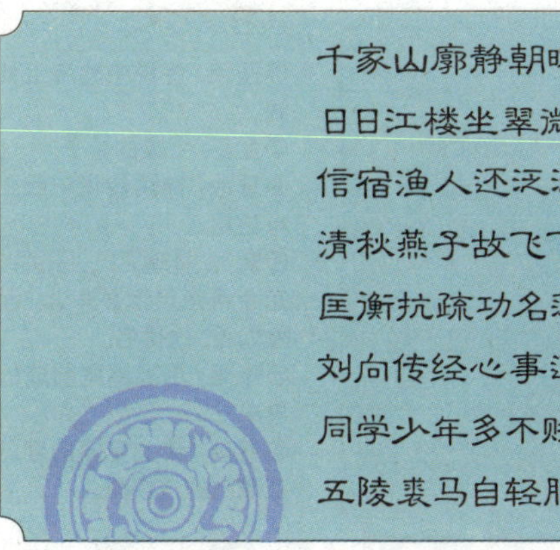

千家山廓静朝晖，
日日江楼坐翠微。
信宿渔人还泛泛[1]，
清秋燕子故飞飞。
匡衡抗疏功名薄[2]，
刘向传经心事违[3]。
同学少年多不贱，
五陵裘马自轻肥[4]。

注释 

①信宿：古称住二宿以上为信宿。
②匡衡抗疏：汉帝时匡衡上书直言议政。
③刘向传经：汉宣帝时刘向受命传授《穀梁传》，并讲论五经。
④五陵：汉代皇帝的五处陵墓。轻肥：轻裘肥马。

### 译文

寂静的千村万户沐浴朝晖，
天天在江楼坐看山色葱翠。
隔宿打鱼的渔民还在江上泛舟，
清秋时节燕子依然来去翻飞。
匡衡上疏直谏落了个贬官降职，
刘向上书传经结果事与愿违。
少年同学如今太多当了大官，
肥马轻裘在五陵耀武扬威。

### 题解

清浦起龙《读杜心解》解此诗说：“三章申明望京华之故，主家原意在五、六逗出，文章题法也。前二首故园、京华虽已提出，尚未明言其所以。至是说出事与愿违衷曲来，是吾所谓望之故。钱氏所谓文之心也。”

## （其五）

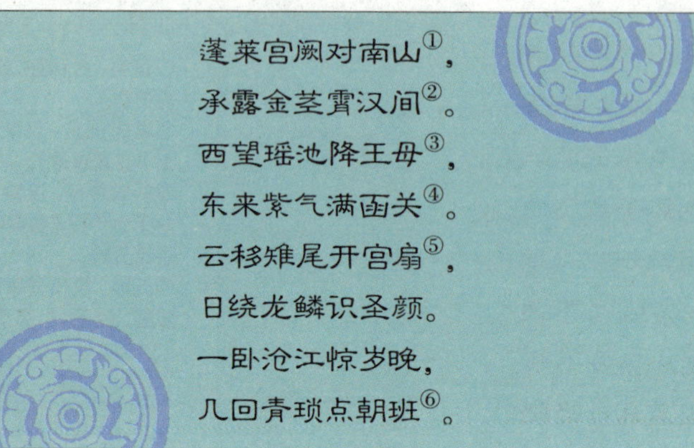

蓬莱宫阙对南山[1]，
承露金茎霄汉间[2]。
西望瑶池降王母[3]，
东来紫气满函关[4]。
云移雉尾开宫扇[5]，
日绕龙鳞识圣颜。
一卧沧江惊岁晚，
几回青琐点朝班[6]。

**注释 <<<**

①蓬莱：传说中的海上仙阁。
②金茎：金殿的柱子。
③瑶池：神话传说中西王母住地。
④紫气：祥瑞之气。函关：在今河南灵宝县东北，深险如函，故得名。
⑤雉尾：用野鸡尾制成的屏扇。
⑥青琐：涂上青漆的宫门上雕刻的连锁图。

### 译文

蓬莱宫正对着巍峨的终南山，
承露盘的金柱高高耸立云霄间。
西望瑶池仿佛王母驾云而降，
东来的紫气充满了函谷关。
云彩飘移雉尾羽扇慢慢展开，
日光照耀龙袍有幸见到皇上龙颜。
卧病沧江一觉醒来吃惊已到暮年，
也曾经几次到青琐宫门点过朝班。

### 题解

黄生《杜诗说》：“此首赋长安景事，自当以宫阙为首。‘不睹皇居壮，安知天子尊’，正是此诗立局之意。‘西望’、‘东来’不过铺张皇居门户之大耳。以为讥明皇之好神仙，真小儿强作能事。”

猶喜糯收酒
每圖豳雅意
愧周臣
己季秋下澣
題

## （其七）

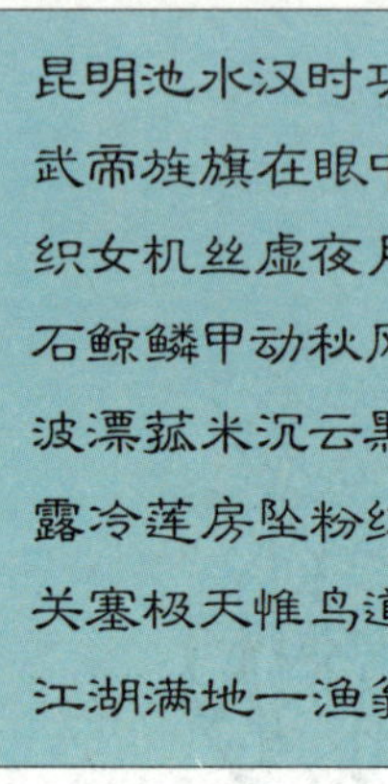

昆明池水汉时功[1]，
武帝旌旗在眼中。
织女机丝虚夜月，
石鲸鳞甲动秋风。
波漂菰米沉云黑[2]，
露冷莲房坠粉红。
关塞极天惟鸟道，
江湖满地一渔翁。

**注释 <<<**

①昆明池：汉武帝时建，在长安城仿照昆明滇池而凿，故名。
②菰米：即茭白。水生植物，秋天结实，色白如米。

### 译文

看到昆明池水便想到汉朝功勋，
武帝训练水师的旌旗浮现眼中。
石雕的织女停机空望着夜空明月，
石凿的鲸鱼鳞甲在秋风中舞动。
菰米随波飘浮如沉沉的黑云，
霜寒露冷莲房凋零飘坠粉红。
边关要塞高耸入云只有鸟道可过，
到处漂泊流浪犹如江上渔翁。

### 题解

黄生《杜诗说》：“说者多以汉武指明皇，然自蓬莱宫阙以后，并叙已平居游历之地，以申故国之思耳，何必首首牵入人主。”此首所写仍是长安胜景。

# 月夜舟中　戴复古

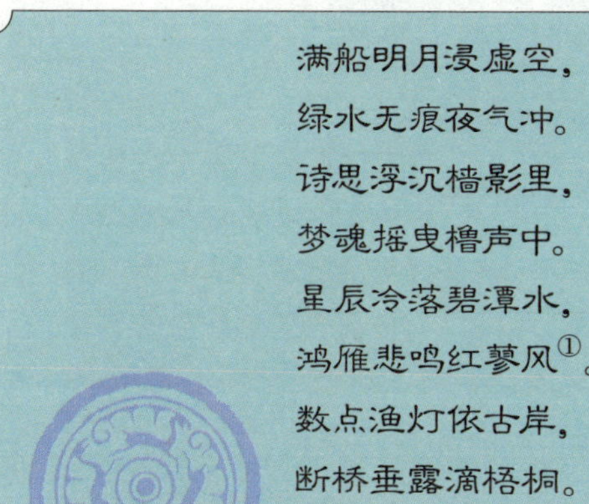

满船明月浸虚空，
绿水无痕夜气冲。
诗思浮沉樯影里，
梦魂摇曳橹声中。
星辰冷落碧潭水，
鸿雁悲鸣红蓼风[1]。
数点渔灯依古岸，
断桥垂露滴梧桐。

注释 <<<

①红蓼(liǎo)：一年生草本植物，花开淡红色，生长在水中或水边。

## 译文

月光洒满船头沉浸在虚空，
绿水没有痕迹秋夜寒气暗冲。
诗兴在船桅的影子里浮沉不定，
梦魂随着橹声摇曳飘动。
冷落的星辰倒映在碧绿潭水里，
悲鸣的鸿雁伴着红叶舞西风。
远处几点渔灯在岸边闪烁，
梧桐叶上露珠点点滴落断桥中。

## 题解

此诗描写秋夜泛舟月下的景色，月明、水平、冷星、悲雁、渔灯、桐露，极富特色的夜景，渲染了萧瑟凄清的气氛，抒发了诗人恬淡寂寥的情怀。情景交融，意境优美。

# 长安秋望 赵嘏

云物凄凉拂曙流①，
汉家宫阙动高秋②。
残星几点雁横塞③，
长笛一声人倚楼。
紫艳半开篱菊静，
红衣落尽渚莲愁。
鲈鱼正美不归去，
空戴南冠学楚囚。

注释

①拂曙：拂晓。
②汉家宫阙（què）：指唐代宫殿。
③塞：关塞。

## 译文

云彩凄凉地在拂晓时飘流，
唐代宫殿仿佛在秋空中晃悠。
几点残星伴着大雁横越关塞，
有人倚楼吹笛奏出思乡之忧。
篱边紫艳的菊花半开十分幽静，
水中荷花落光红色花瓣很忧愁。
鲈鱼正鲜美却不能回故乡去，
空戴着家乡的帽子效法楚囚。

## 题解

写作者观望长安清秋景物及其感受。此诗题又作《长安晚秋》、《长安秋夕》。

# 新秋 杜甫

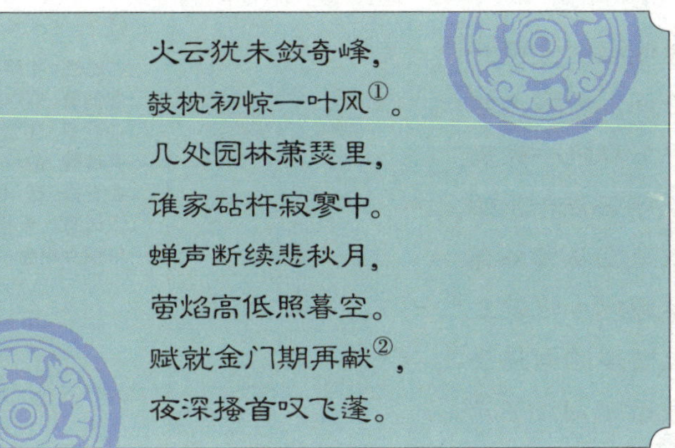

火云犹未敛奇峰，
欹枕初惊一叶风[①]。
几处园林萧瑟里，
谁家砧杵寂寥中。
蝉声断续悲秋月，
萤焰高低照暮空。
赋就金门期再献[②]，
夜深搔首叹飞蓬。

注释 <<<

①欹：斜靠。
②金门：金马门省称，汉代宫门名，被朝廷选拔的人才在此待诏。

## 译文

红云叠起的奇峰还未散尽，
倚枕休息惊觉耳畔吹来凉风。
几处园林已是一派萧瑟秋意，
谁家的砧杵声响彻寂寥之中。
秋蝉断断续续在残月下悲啼，
萤火虫飞高飞低尾光闪烁于晚空。
赋已写成希望再到金马门进献，
深夜里搔头自叹鬓发如飞蓬。

## 题解

此诗是诗人寓居成都西郊草堂在新秋时所作抒怀诗。诗中描写秋夜萧瑟景色，抒发了诗人身世飘零抱负难申的感伤之情。情景交融，情调沉郁。

# 中秋　李朴

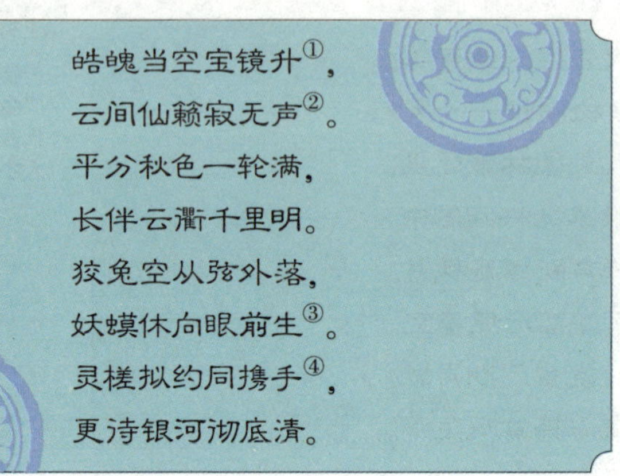

皓魄当空宝镜升[①]，
云间仙籁寂无声[②]。
平分秋色一轮满，
长伴云衢千里明。
狡兔空从弦外落，
妖蟆休向眼前生[③]。
灵槎拟约同携手[④]，
更待银河彻底清。

**注释**

①皓魄：指明亮月光。
②仙籁：空中的声音。
③妖蟆：传说蛤蟆能食月亮魂魄，故称。
④灵槎：槎，竹木筏，传说汉时有人乘槎去天河与牛郎织女相会。

## 译文

明亮的秋月似宝镜升在天空，
云端里缥缈的仙乐寂寞无声。
一轮满月将秋色分成两半，
长久地悬在天街照得千里通明。
此时狡兔已经坠落在弦外，
讨厌的蛤蟆休想在眼前出生。
多么想乘仙筏携手泛舟天河，
更想等待银河彻底澄澈清明。

## 题解

此篇着意描写中秋明月，希望明月更彻底澄明，诗中以“狡兔”、“妖蟆”影射南宋投降派奸党，表达了诗人对腐败朝廷的不满，对光明和美好前程的向往。

# 九日蓝田崔氏庄　杜甫

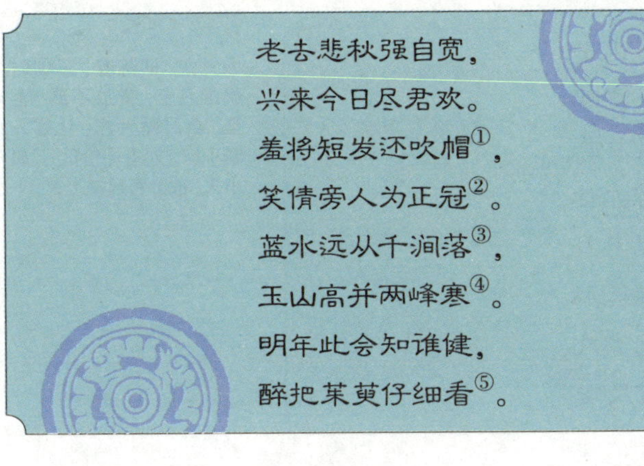

老去悲秋强自宽，
兴来今日尽君欢。
羞将短发还吹帽①，
笑倩旁人为正冠②。
蓝水远从千涧落③，
玉山高并两峰寒④。
明年此会知谁健，
醉把茱萸仔细看⑤。

注释 <<<

①吹帽：东晋大将桓温九月九日在龙山宴请，参军孟嘉的帽子被风吹落。桓温令人为文嘲之。
②倩：请托。
③蓝水：在蓝田县东。
④玉山：即蓝田山，因盛产美玉，故名。
⑤茱萸：植物名，有浓香。古代习俗，重阳节佩带茱萸可以避邪。

## 译文

老来悲秋强打精神自慰自宽，
今日重阳来了兴致和你痛饮尽欢。
羞惭的是怕吹落帽子露出短发，
只好强笑着请旁人为我正冠。
蓝田的流水远从千条溪涧飞落，
高高的玉山两峰对峙透出清寒。
明年再次聚会不知谁还健在，
醉中手把茱萸仔细赏看。

## 题解

此诗是诗人与友人重阳聚会抒感之作。当时诗人由左拾遗被贬为华州司功参军，诗中抒写了诗人因政治上遭到排挤的苦闷悲愁之情。

# 秋思　陆游

利欲驱人万火牛，
江湖浪迹一沙鸥。
日长似岁闲方觉，
事大如天醉亦休。
砧杵敲残深巷月，
梧桐摇落故园秋。
欲舒老眼无高处，
安得元龙百尺楼[①]。

注释 <<<

①元龙：即陈登，三国时魏国名士，豪放不羁，客至，自己睡大床，让客人睡小床。刘备评价他："如小人，欲卧百尺楼上。"

## 译文

利欲驱遣人像狂奔的万条火牛，
我却要闲得如浪迹江湖的一只沙鸥。
闲暇时才觉出一日长似一年，
事情纵然似天大也一醉而休。
砧杵声声敲得深巷残月西落，
梧叶片片摇出故园秋意萧萧。
想要极目远望可惜没有高地，
到哪里去找元龙的百尺高楼？

## 题解

此诗为秋日抒怀之作。诗中描写了诗人秋日闲散江湖的寂寞无聊的情景，抒发了渴望报效国家但无用武之地的苦闷之情。风格悲壮苍凉。

# 南　邻①　杜甫

锦里先生乌角巾②，
园收芋栗未全贫。
惯看宾客儿童喜，
得食阶除鸟雀驯。
秋水才深四五尺，
野航恰受两三人。
白沙翠竹江村暮，
相送柴门月色新。

注释<<<

①南邻：指朱山人，作者邻居朱希真。
②锦里先生：指朱希真。乌角巾：古代隐士常戴的一种黑色有棱角的头巾。

## 译文

锦江边朱先生戴着黑色角巾，
园子里可收芋头板栗不算贫困。
习惯了招待宾客也喜欢儿童，
鸟雀在阶前觅食好像驯养的家禽。
秋水不深只不过四五尺而已，
野船也小刚能坐下两三个人。
暮色苍茫笼罩江村白沙翠竹，
相送出柴门月色明媚清新。

## 题解

此诗又名《与朱山人》，诗中描写了邻居隐者朱山人恬静平和闲适的生活，渲染了隐居生活的纯朴美好，充满野趣。

# 闻笛 赵嘏

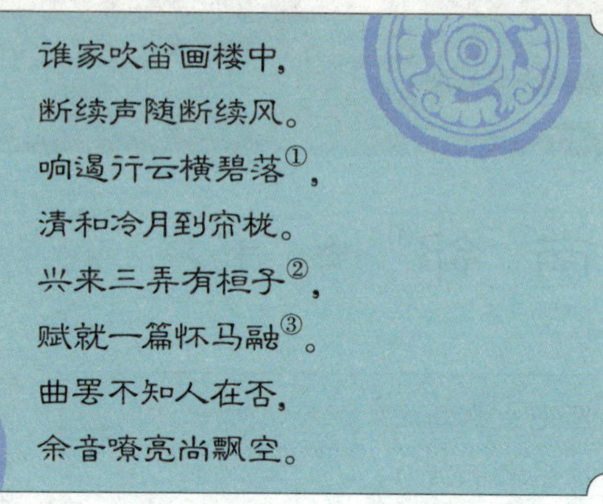

谁家吹笛画楼中，
断续声随断续风。
响遏行云横碧落[1]，
清和冷月到帘栊。
兴来三弄有桓子[2]，
赋就一篇怀马融[3]。
曲罢不知人在否，
余音嘹亮尚飘空。

**注释**

①碧落：道教将天的最高处称为碧落。
②桓子：指晋人桓伊，字叔夏，善吹笛。
③马融：东汉经学家，善作赋，所作《长笛赋》十分有名。

## 译文

不知是哪家画楼的人在吹笛曲，
断续的笛声随着风儿断续传送。
回荡碧空高亢响亮阻住了行云，
清越悠扬随着冷月滚入窗栊。
兴来吹奏《三弄》有如晋时的桓伊，
一篇《长笛赋》让人想起了马融。
奏曲终了不知道人还在不在？
嘹亮的余音不绝久久飘荡在空中。

## 题解

此诗描写夜听笛曲的感受，渲染笛曲的悦耳动听，虚实结合，将无形的音乐，化为听视觉交融的独特意境，含蓄优雅。

## 冬景 刘克庄

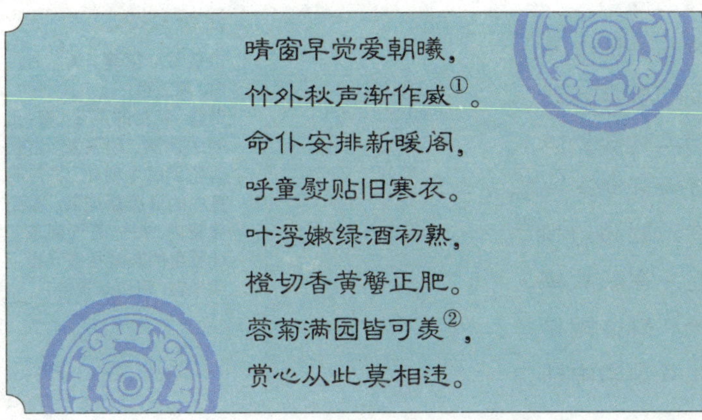

晴窗早觉爱朝曦，
竹外秋声渐作威[1]。
命仆安排新暖阁，
呼童熨贴旧寒衣。
叶浮嫩绿酒初熟，
橙切香黄蟹正肥。
蓉菊满园皆可羡[2]，
赏心从此莫相违。

**注释 <<<**

①作威：施行威势，指寒意渐增。
②蓉菊：九、十月开花的芙蓉和菊花。

### 译文

早晨醒来朝晖已洒满窗棂，
竹林外秋声喧响渐渐发威。
命令仆人在小阁里安炉取暖，
呼唤小童提前烫平冬衣。
沏好嫩绿新茶斟满新酿甜酒，
切开香橙秋日的螃蟹分外肥美。
满园芙蓉和菊花都让人称羡，
尽情地玩赏吧莫要错过时机。

### 题解

此诗描写诗人冬日生活，充满情趣，洋溢着欢快的气氛，抒写了诗人乐观向上的情怀。

# 小至　杜甫

天时人事日相催，
冬至阳生春又来。
刺绣五纹添弱线①，
吹葭六管动灰飞②。
岸容待腊将舒柳③，
山意冲寒欲放梅。
云物不殊乡国异，
教儿且覆掌中杯。

**注释 <<<**

①五纹：指青、黄、赤、白、黑五色。
②葭：初生的芦苇。管：玉制的律管。动飞灰：古代为预测时令变化，将芦苇茎中的薄膜烧成灰，放到律管内，每一节气到来，律管里的灰就相应飞出。
③岸容：河边的景色。

## 译文

天时人事时时变化相逼相催，
冬至过后天气转暖春天又已到来。
刺绣女工勤快增添五彩丝线，
玉管按着节令飞出了葭灰。
等到腊月一过杨柳将舒展枝条，
山峦想冲破寒气绽放冬梅。
此地景物和家乡没有两样，
且教小儿斟酒满饮一杯。

## 题解

此诗描写冬至到来时令变化带来的景色变化，准确地表现了冬至的特色。一气呵成，结构谨严，精妙传神。

# 梅花　林逋

众芳摇落独暄妍[①]，
占尽风情向小园。
疏影横斜水清浅，
暗香浮动月黄昏。
霜禽欲下先偷眼，
粉蝶如知合断魂。
幸有微吟可相狎[②]，
不须檀板共金樽[③]。

注释<<<

①暄妍：形容梅花明媚艳丽。
②相狎：相亲近。
③檀板：演唱时用的檀木拍板。

## 译文

百花凋零独有它昂然盛开，
占尽美好风光簇立在小园。
稀疏的影子横斜在清浅水中，
幽香暗暗浮动弥漫于月下黄昏。
寒雀想飞落下来都要先偷看一眼，
粉蝶如果知道了一定会落魄断魂。
幸好我能低声吟诵可和你亲近，
不需要敲檀板唱歌手举酒樽。

## 题解

此诗为咏梅名作。诗人一生布衣，无妻无子，在西湖孤山隐居二十余年，喜爱梅花与鹤，被后人称为“梅妻鹤子”。诗人在此诗中描写了梅花超凡脱俗、清雅高洁的品格，表现了梅花疏朗劲健之美与神韵。颔联“疏影”、“暗香”为咏梅名句，历来为人称道。

# 左迁至蓝关示侄孙湘

**韩愈**

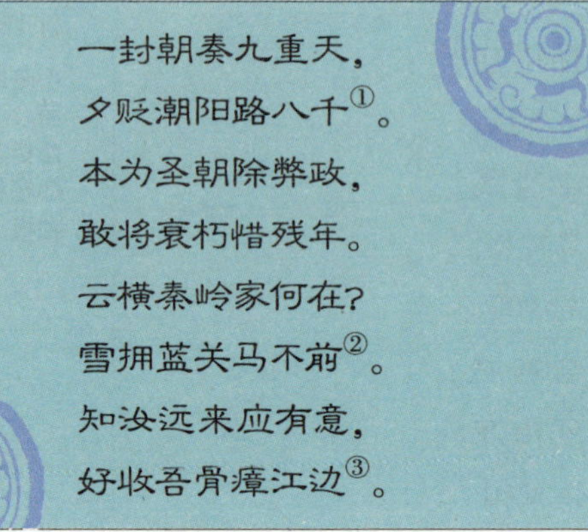

一封朝奏九重天，
夕贬潮阳路八千①。
本为圣朝除弊政，
敢将衰朽惜残年。
云横秦岭家何在？
雪拥蓝关马不前②。
知汝远来应有意，
好收吾骨瘴江边③。

**注释 <<<**

①潮阳：今广东潮阳县。
②蓝关：蓝田关。
③瘴江：泛指岭南河流，此处指有瘴气的潮州一带。

## 译文

早上把一封谏书上奏给皇上，
晚上就被贬到潮阳遥遥路远八千。
本意是为了给圣朝除去弊政，
哪敢因年迈衰朽顾惜残年。
云雾密布秦岭不知家在何处？
积雪堆拥蓝关马儿不能向前。
知道你远道赶来必有用意，
怕是为了收我的尸骨在江边。

## 题解

此诗是作者上《论佛骨表》后被贬为潮州刺史赴潮州途中写给送行的侄孙韩湘的。诗中描写了遭贬途中所遇艰难险阻的情景，抒发了诗人对不平遭遇的激愤之情。是一首千古传唱的名篇。

## 作者介绍

韩愈(768—824)，字退之，河南河阳(今河南孟县)人。当时在昌黎(今辽宁省义县)一族最为强盛，是为韩姓“郡望”。韩愈未免其俗，故自称“昌黎韩愈”，后世习称其名为韩昌黎。德宗贞元八年(792)举进士，曾在几个节度使幕下当属官，贞元末迁监察御史，因上疏请减关中赋、役，触怒德宗，贬阳山(今广东阳山县)令，后移江陵法曹参军。宪宗时，累官至太子右庶子。元和十二年(817)随宰相裴度平定淮西叛乱，迁刑部侍郎。后因谏上迎佛骨事，贬潮州（今广东潮州市）刺史，不久，移袁州（今江西宜春市）刺史。穆宗时，召为国子监祭酒，历京兆尹兼御史大夫及兵部、吏部侍郎。故后世也称韩吏部。终年五十七岁。

韩愈和柳宗元同是散文改革运动的倡导者。他反对六朝以来的浮艳文风，主张继承先秦两汉的散文传统。他的散文说理透辟，逻辑性强，气势奔放，遒劲有力，对后世有很大影响。他的诗歌在唐代中叶也是独具特色的，其诗雄健壮丽和散文化，首开了“以文为诗”的先河。

## 干戈 王中

干戈未定欲何之？
一事无成两鬓丝。
踪迹大纲王粲传①，
情怀小样杜陵诗②。
鹡鸰音断人千里③，
乌鹊巢寒月一枝。
安得中山千日酒④，
酩然直到太平时。

注释

①王粲：字仲宣，建安七子之一。
②杜陵：杜甫。
③鹡鸰：鸟名。此处比喻兄弟。
④中山：古地名。千日酒：东晋干宝《搜神记》载：中山狄而能造千日酒，饮之则醉，千日方醒。

### 译文

战事不断能到哪里去啊，
一事无成只留下两鬓银丝。
漂泊流离大体和王粲相似，
情怀凄苦有如杜甫的哀诗。
兄弟千里相隔音讯断绝，
好像乌鹊在寒月下独栖孤枝。
怎能得到一醉千日的中山酒，
一直酣醉直到天下太平时。

### 题解

此诗为乱世抒感之作。诗中描写作者在战乱中飘泊无依的凄苦情景，表现了厌倦战乱渴望太平生活的情怀。感情真挚，用典自然贴切。

# 归隐 陈抟

十年踪迹走红尘①，
回首青山入梦频。
紫绶纵荣争及睡②，
朱门虽贵不如贫。
愁闻剑戟扶危主③，
闷听笙歌聒醉人④。
携取旧书归旧隐，
野花啼鸟一般春。

**注释**

①红尘：尘世。
②紫绶：系在高级官员印章上的紫色丝带。这里代指高官厚爵。
③危主：国家危亡时的君主。
④聒（guō）：声音喧扰嘈杂。

## 译文

十年来奔走红尘踪迹遍人间，
回首往事常常在梦中进入青山。
当官纵然荣耀怎能比安睡舒适，
王公贵族虽豪富也不如平安清贫。
扶危救主的事让人听了发愁，
醉人的笙歌更让人感到沉闷。
带着旧书回到家乡去隐居，
看野花听鸟啼享受阳春。

## 题解

作者为我国古代有名道士，世称“睡仙”。此诗表达了淡泊名利回归自然的情怀。题旨鲜明，条理清晰，说理层层深入。

# 山中寡妇 杜荀鹤

夫因兵死守蓬茅，
麻苎衣衫鬓发焦。
桑柘废来犹纳税[1]，
田园荒尽尚征苗。
时挑野菜和根煮，
旋斫生柴带叶烧[2]。
任是深山更深处，
也应无计避征徭。

注释 <<<

①柘(zhè)：树木名，叶子可喂蚕。
②旋斫：现砍。

## 译文

丈夫因战乱死去独守破茅房，
身穿麻苎衣服面色腊黄鬓发焦。
桑树柘树废了还要向官府纳丝税，
田地全都荒芜了仍要把青苗捐税交。
常挑野菜连根一起煮着吃，
刚斫下的湿柴带着叶子把火烧。
任凭你住在深山更深的地方，
也没有什么办法躲避官府征徭。

## 题解

此诗描写深山寡妇的苦难悲惨生活，揭露官府繁重的苛捐杂税给人民带来的灾难，是作者继承白居易新乐府传统而创作的近体讽喻诗名作。语言通俗浅近，形象鲜明感人。

# 五言绝句

## 春晓 孟浩然

春眠不觉晓[1]，
处处闻啼鸟。
夜来风雨声，
花落知多少？

注释 <<<

①不觉晓：不知道天亮。

### 译文

春夜酣睡不觉天晓，
处处听到小鸟啼叫。
夜里阵阵风声雨声，
谁知吹落花儿多少？

### 题解

本诗写晨起所感。春眠初醒，闻啼鸟而喜春，又忆及夜间风雨，担心吹落春花，处处表现了作者爱春惜春之心情。意境深远。春晓，春天的早晨。

## 作者介绍

孟浩然（689—740），襄州襄阳（今湖北省襄樊市襄阳区）人。早年隐居鹿门山，后漫游吴越。四十岁时，西入长安考进士不中，失意而归。张九龄镇荆州，引为从事，后病疽而死。终身为布衣。

在所谓“开元盛世”，孟浩然渴望求得一官半职，但始终没有如愿，因而曾发出“不才明主弃，多病故人疏”（《岁暮归南山》）的慨叹。他的诗在当时颇负盛名，多半写求官不达、洁身自好的失意情绪。他擅长写五言诗，描绘山水田园的幽静景物，因而形成清新淡远的艺术特色。也不乏气势磅礴和景象壮阔之作。

# 访袁拾遗不遇

孟浩然

洛阳访才子①，
江岭作流人②。
闻说梅花早③，
何如此地春？

注释

①访才子：指拜访袁拾遗。
②江岭：江南五岭之一大庾岭，为袁拾遗的流放地。
③闻说：听说。

## 译文

在洛阳前去拜访大才子，
他却成了流放江岭的人。
听说江岭的梅花开得早，
哪里比得上这里的暮春？

## 题解

此诗写作者拜访友人袁拾遗，而袁拾遗已经流放江岭，流露了作者对友人遭遇的同情和怀念。袁拾遗：孟浩然友人，生平不详。拾遗：古代谏官的职务名称。此诗题一作《客中访袁拾遗不遇》。

# 送郭司仓① 王昌龄

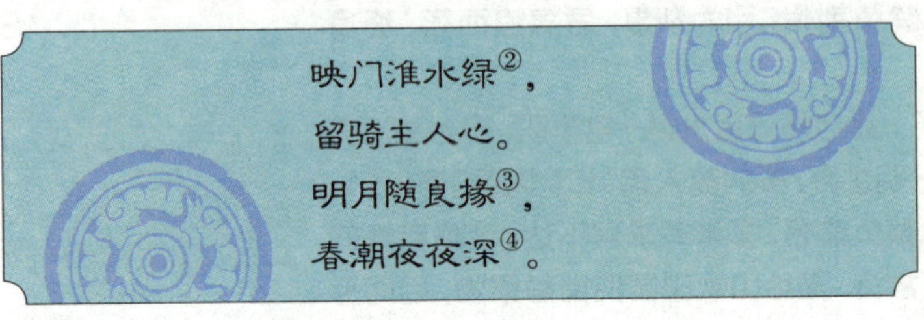

映门淮水绿②，
留骑主人心。
明月随良掾③，
春潮夜夜深④。

**注释**

①司仓：官职名，负责管理粮仓。
②淮水：淮河。
③良掾(yuàn)：好官。

## 译文

对映房门的淮水碧绿清澄，
再三挽留你是我一片诚心。
月光如水伴你千里远去，
思念的心像春潮夜夜加深。

## 题解

此诗写送别，诗中以春潮为喻充分表现了诗人对友人的真挚情谊。

## 作者介绍

王昌龄（690？—756？）字少伯，京兆长安（今陕西省西安市）人。一说并州（今山西省太原市）人。开元十五年（727）中进士，授汜水尉；开元十九年（732）中博学宏辞科，迁秘书省校书郎，后谪赴南岭，遇赦还；天宝元年（742）春，出为江宁丞；后以“不矜细行”，贬为龙标（今湖南黔阳县）尉；至德元、二载间北归。安史之乱起，为亳州刺史闾丘晓所杀。王昌龄在开元、天宝年间，以诗名重一时，有“诗家天子王江宁”之称。他的诗歌，内容较为丰富，以边塞、宫怨、闺怨、送别之作成就较高。尤其是边塞诗，不但生动地描绘了塞外风光，而且较深刻地反映了戍边将士的生活。王昌龄擅长绝句，尤以七绝见长。在短短的诗篇中，能以精炼形象的语言，把叙事、写景、抒情交织在一起，风格雄浑自然，后人对他有“开、天圣手”之誉。

# 洛阳道[1]　储光羲

大道如直发，
春日佳气多。
五陵贵公子[2]，
双双鸣玉珂[3]。

注释

①洛阳道：唐在洛阳建东都，周围七十里，地跨洛水南北，建筑整齐，道路宽广。
②五陵：长安附近汉代五个皇帝的陵墓，代指贵族聚集之地。
③玉珂：马络上玉制的装饰物。

## 译文

洛阳大道平直如长发，
春日里风光明媚景色宜人。
五陵的贵族公子结伴踏青，
马络头上玉珂发出叮当响声。

## 题解

此诗描写东都洛阳大道贵族公子结队春游的景象，表现贵族公子的趾高气扬，寓有讽意。明唐汝询云：“此赋道中所见，盖有‘世胄蹑高位，英俊沉下僚’意。”

# 独坐敬亭山①　李白

众鸟高飞尽，
孤云独去闲。
相看两不厌，
惟有敬亭山。

注释 

①敬亭山：在今安徽省宣城县北，原名昭亭山，山上有敬亭，为南朝谢朓吟咏处。

## 译文

群鸟高飞消失在天的尽头，
一片白云飘然而去分外悠闲。
两相对看一点也不厌烦，
只有这默默无声的敬亭山。

## 题解

此诗是诗人漫游安徽宣城时所作。诗人以奇特的想象力，将敬亭山拟人化，赋予山水景物以生命，创造了空寂辽远的意境，表现了诗人寄情山水，宁愿忍受孤单，也不愿趋炎附势的高尚品格。

# 登鹳鹊楼[1] 王之涣

白日依山尽，
黄河入海流。
欲穷千里目，
更上一层楼。

注释

①鹳鹊楼：唐代河中府西南城上的一座楼，因楼上常栖鹳鹊，故名。旧址在今山西省永济县蒲州镇。

## 译文

太阳依随山峦西沉，
黄河向着大海奔流。
想要看尽千里风光，
还得再登一层高楼。

## 题解

本诗描写登鹳鹊楼所见祖国山河辽远壮阔景色，表现作者立足高远的不凡胸襟和抱负。

## 作者介绍

王之涣（688—742），字季凌，祖籍晋阳（今山西太原市），高祖时已迁居绛郡（今山西新绛县）。少时任侠，常击剑纵酒，豪放不羁。后折节读书，开元初，曾任冀州衡水县主簿，因被诬陷，愤而弃官，家居十五年。此间，曾漫游黄河两岸，对边地生活有所体验。晚年补官文安（今河南文安县）县尉，卒于天宝元年。他是盛唐著名诗人之一。

# 观永乐公主入蕃[1]

孙逖

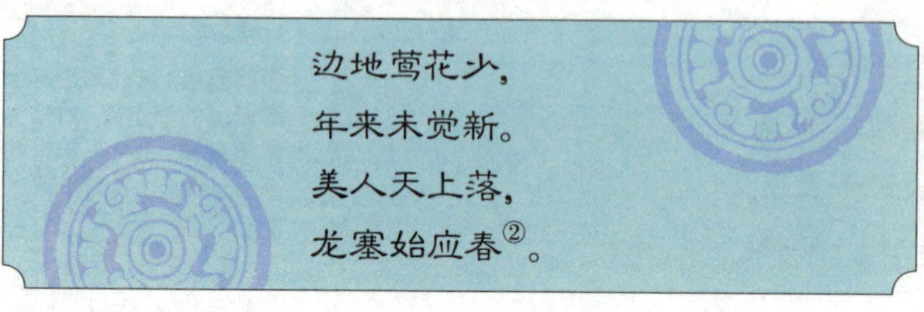

边地莺花少，
年来未觉新。
美人天上落，
龙塞始应春[2]。

**注释**

①永乐公主：唐玄宗时东平王之外孙女杨氏，玄宗封为永乐公主，嫁与契丹王李失活。

②龙塞：即龙城，为对西北少数民族所居地的泛称。

## 译文

边塞之地几乎没有莺语花香，
新年来到也不见新的气象。
美丽的姑娘如仙女从天而降，
龙城才开始见到一片春光。

## 题解

此诗写永乐公主远嫁契丹事，以对比手法，赞颂永乐公主的出嫁将给龙塞边地带来春天。表现了永乐公主出嫁的价值。

# 春 怨　金昌绪

打起黄莺儿，
莫教枝上啼。
啼时惊妾梦，
不得到辽西①。

注释

①辽西：辽河以西，今辽宁省西部地区。

## 译文

快拿竿把黄莺儿赶走，
不要让它在枝头鸣啼。
啼声惊醒了我的好梦，
使得我不能够到达辽西。

## 题解

本诗构思新奇，少妇执意要赶走黄莺，因为它的啼鸣吵醒了自己和远戍边地丈夫相会的好梦，感人地抒发了少妇的怨情。

## 作者介绍

金昌绪，临安（今浙江杭州）人，生平事迹不详。《全唐诗》仅录存其诗一首，即本诗。

# 左掖梨花　丘为

冷艳全欺雪，
余香乍入衣。
春风且莫定，
吹向玉阶飞[1]。

注释 <<<

①玉阶：宫殿的白色台阶。

## 译文

清冷艳丽压倒了白雪，
溢出的芳香霎时就袭入衣襟。
春风啊请你不要停息，
将这梨花芳香吹送到宫廷。

## 题解

此诗咏物寄怀，赞颂梅花高洁，借梅花含蓄表达希望施展抱负大展宏图的愿望。含蓄蕴藉。

## 作者介绍

丘为，嘉兴（今浙江嘉兴附近）人。几次应试不第，归山苦读。天宝元年（742）进士，官至太子右庶子。他大约出生于武后长安年间，死于德宗贞元年间，传说活了九十六岁。他在诗坛的活动，主要是玄宗开元、天宝年间。王维很赞许他的诗，并与他有唱和。

# 思君恩

令狐楚

小苑莺歌歇[1]，
长门蝶舞多[2]。
眼看春又去，
翠辇不曾过。

**注释**

①小苑：皇宫的林苑。

②长门：汉代宫门，西汉时陈阿娇皇后失宠贬居之地。此指唐代后宫。

## 译文

皇宫林苑里黄莺已停止歌唱，
长门宫外一群群蝴蝶飞舞婆娑。
眼看着美好的春天又要过去，
皇帝的车驾却从未曾来过。

## 题解

此诗写宫怨。描写宫女盼望皇帝临幸久久不得的幽怨之情。语言浅白自然。抒情委婉幽怨。

# 题袁氏别业　贺知章

主人不相识，
偶坐为林泉①。
莫谩愁沽酒，
囊中自有钱。

注释

①林泉：指袁氏别墅林泉。

## 译文

我和别墅的主人素不相识，
偶尔到此一坐是为了欣赏林泉。
请你不要为无钱沽酒发愁，
我的衣袋里还有的是钱。

## 题解

此诗是诗人野游随感之作。诗人到一处别墅，虽与主人不相识，但因热爱其地山水美好，便愿和主人友好相交，充分表现了诗人坦荡潇洒的胸襟。

## 作者介绍

贺知章（659—744），字季真，越州永兴（今杭州市萧山区）人。少以文词知名。武则天证圣元年（695）举进士，后迁太常博士。开元十三年（725）迁礼部侍郎，加集贤院学士，又充太子宾客，累官秘书监。贺知章为人旷达不羁，喜谈笑，好饮酒。自号“四明狂客”、“秘书外监”。他不拘礼法，喜与下层人士来往，并常援引后进。与李白、张旭等均交谊甚深。在当时文人中有一定影响。其诗歌不多，成就不大。少数表现切身感受的诗尚清新可取。

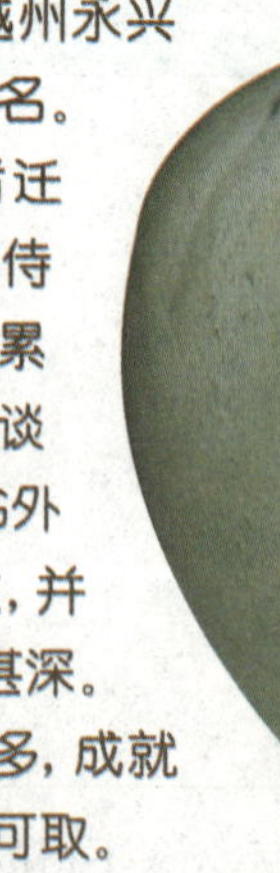

# 夜送赵纵[1] 杨炯

赵氏连城璧[2]，
由来天下传。
送君还旧府，
明月满前川。

**注释**

①赵纵：作者朋友，颇有才。
②赵氏连城璧：战国时，赵国得到美玉和氏璧，秦国知道后，扬言要用十五座城池交换，故称连城璧。比喻赵纵富有才华。

## 译文

赵国的连城璧，
它的由来早已天下流传。
今夜我送你回到老家，
月华如水洒满前川。

## 题解

此诗抒发惜别之情。巧妙地借完璧归赵的典故赞誉友人赵纵，结句景情交融，含蓄蕴藉。

# 竹里馆[1] 王维

独坐幽篁里[2]，
弹琴复长啸[3]。
深林人不知，
明月来相照。

注释 <<<

①竹里馆：王维辋川别墅胜景之一。因绿竹围绕得名。
②篁：竹丛。
③啸：啸歌。

## 译文

独自坐在幽深的竹林里，
一边弹琴一边对天长啸。
深林中没有人与我为伴，
只有明媚的月光来相照。

## 题解

本诗描写在山林弹琴歌啸的生活情趣，表现清幽宁静、高雅绝俗的境界。以动写静。

# 送朱大入秦 孟浩然

游人五陵去，
宝剑值千金。
分手脱相赠①，
平生一片心。

注释

①脱：此指摘下。

## 译文

游人朱大要到长安去，
我的宝剑价值千金。
分别时摘下赠给你，
寄托我一片厚意真心。

## 题解

此诗写送友赠剑，极见友情之深。因古人远游常佩剑。以千金宝剑相赠表白一片心，说明对友情的无比珍重。

# 长干行

崔颢

君家住何处？
妾住在横塘①。
停船暂借问，
或恐是同乡。

注释

①妾：古代妇女自称。横塘：在今江苏南京西南，与长干相近。

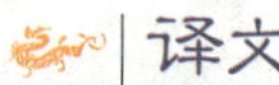

## 译文

请问你的家住在什么地方？
我的家住在金陵的横塘。
停下船来借问一声，
或许我们还是同乡。

## 题解

这是作者组诗《长干行》四首第一首，写船家儿女在船上对话，为彼此是同乡人高兴，表现他乡遇故知的喜悦之情。富有民歌风味。

## 作者介绍

崔颢（704？—754），汴州（今河南省开封市）人。开元十一年（723）进士，曾任太仆寺丞、司勋员外郎。早年曾漫游江南一带，开元后期在河东节度使幕中任职，到过幽燕河朔边塞之地。他是盛唐时期有名诗人，善写爱情和边塞诗，作品清新流丽，情调昂扬，气势豪放，往往和王维并称。

# 咏史　高适

尚有绨袍赠①，
应怜范叔寒②。
不知天下士，
犹作布衣看③。

**注释**

①绨袍：粗丝绵袍。
②范叔：战国时魏国人范雎，战国时魏派须贾和范雎一起出使齐。齐王厚待范雎冷落须贾。回国后须贾向魏王进谗，范雎被判重刑，逃往秦国，改名张禄，为秦王重用，拜为相。后魏又派须贾出使秦，范雎穿破衣去见须贾，须贾见后以绨袍相赠。后来知道范雎为秦相，大惊，但范雎因须贾赠袍原谅了须贾。
③布衣：指一般老百姓。

## 译文

须贾这等小人尚且能送绨袍，
应该是怜悯范雎的贫寒。
可惜他终是不识天下英才，
还是错把范雎当做布衣看。

## 题解

此诗咏史寄慨。诗中就须贾和范雎一段故事抒发了怀才不遇之情。

## 作者介绍

高适（702？—765），字达夫，唐渤海蓨（tiáo，今河北省景县）人。早年仕途不得意，只在梁宋（今河南省东北部）一带漫游，曾与李白、杜甫相遇。后经宋州刺史张九皋的推荐，中“有道科”，授封丘尉，不久辞官。后投陇右节度史哥舒翰幕下为掌书记，安史之乱起，随哥舒翰守潼关。以后在玄宗、肃宗、代宗各朝，不断升迁，历任淮南节度使，蜀、彭二州刺史，转升为成都尹、剑南西川节度使，最后官散骑常侍，进封渤海县侯。高适是一位有政治才能的诗人。早期诗歌大多感慨怀才不遇，仕途失意，一部分诗歌反映民生疾苦。高适诗歌的主要成就是边塞诗。他的诗歌语言质朴精炼，气势雄健高昂，粗犷豪放，遒劲有力。

# 罢相作

李适之

避贤初罢相，
乐圣且衔杯①。
为问门前客，
今朝几个来。

注释

①乐圣：好酒。古时称酒为圣人。

## 译文

刚刚避位让贤辞掉宰相职务，
生性好酒如今可以痛饮开怀。
为此请问从前的宾客，
今天可有几个人能够过来。

## 题解

此诗是作者为避免李林甫陷害请求免去宰相之职后所作，抒写了作者不得已的无奈之情，讽刺了趋势逢迎的官僚丑恶嘴脸。

# 逢侠者　钱起

燕赵悲歌士[①]，
相逢剧孟家[②]。
寸心言不尽[③]，
前路日将斜。

注释 <<<

①燕赵：战国时两国国名。
②剧孟：西汉时洛阳人，著名游侠。
③寸心：即心，因心位于方寸之地，故称寸心。

## 译文

燕赵两地慷慨悲歌的豪侠，
与我相逢在游侠剧孟之家。
知心的话儿说个没完没了，
分手之时太阳已经西斜。

## 题解

此诗写与豪侠相遇的情景，表现了豪迈的气概和淳厚的友情。

# 江行望匡庐　钱起

咫尺愁风雨，
匡庐不可登[1]。
只疑云雾窟，
犹有六朝僧。

**注释**

①匡庐：庐山。

## 译文

近在咫尺却因风雨发愁，
眼看着庐山不敢攀登。
疑心那云雾缭绕的山洞里，
还会有六朝遗留的高僧。

## 题解

此诗写江行望庐山情景，表现庐山的高峻和苍茫。

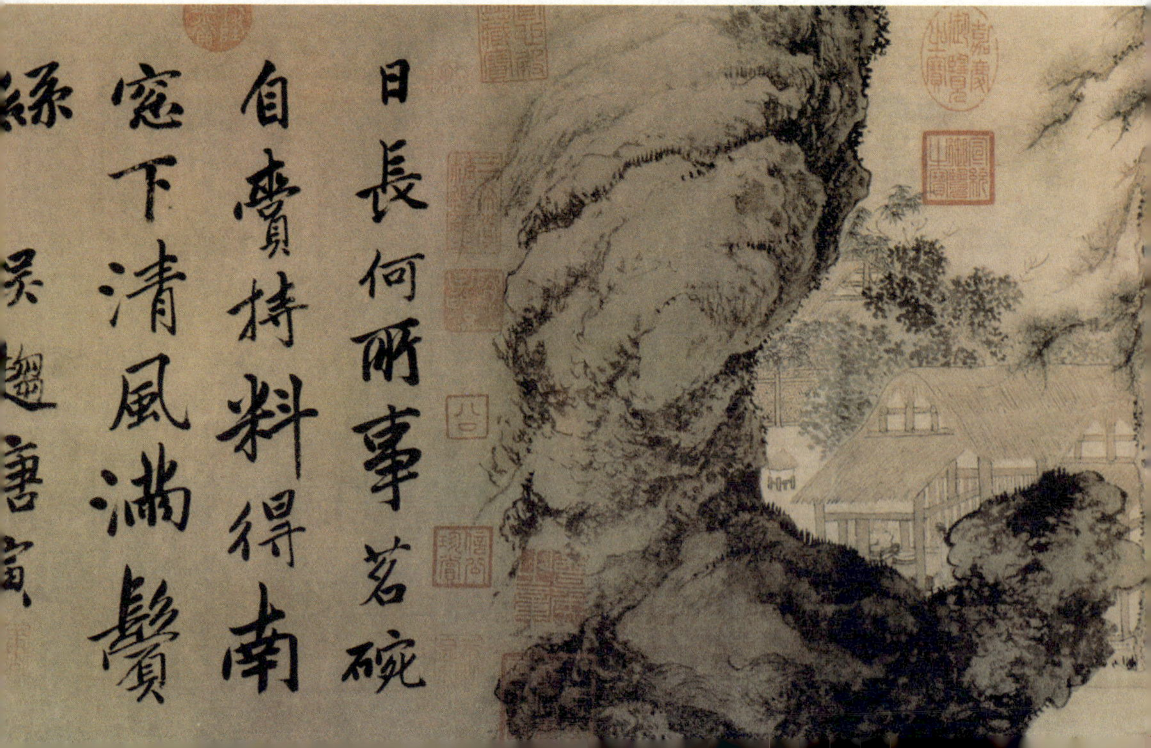

# 答李浣 韦应物

林中观易罢[1]，
溪上对鸥闲。
楚俗饶词客，
何人最往还？

注释

①易：即《易经》。

## 译文

在林中读完了《周易》，
就到溪边悠闲观看鸥鹭。
楚地有许多文人词客，
你和什么人交往最多？

## 题解

此诗为赠答诗，表现了隐者闲适高雅的情怀。

# 秋风引

刘禹锡

何处秋风至，
萧萧送雁群。
朝来入庭树，
孤客最先闻。

## 译文

秋风从什么地方吹来，
风儿萧萧送走南飞雁群。
清晨吹落了庭前的树叶，
最先听到的是我这异乡客人。

## 题解

此诗作于诗人贬谪期间。诗中描写了萧瑟的秋声和凄凉的秋景，抒写了羁旅寂寞愁情。

# 秋夜寄邱员外

韦应物

怀君属秋夜①，
散步咏凉天。
山空松子落，
幽人应未眠。

注释 <<<

①属秋：正值秋夜。

## 译文

怀念你在这深秋的夜晚，
散步吟咏多么寒凉的霜天。
想此刻空山中正飘落松子，
幽居的友人一定还未安眠。

## 题解

本篇写秋夜散步想念隐居山中的友人，想象友人在空山中也会悠闲不眠，表现了清幽淡远的意境。邱员外，指邱丹，当时隐居临平山。

# 秋日　耿沣

返照入闾巷[1]，
忧来谁共语。
古道少人行，
秋风动禾黍。

**注释**

①闾巷：小的街道。

## 译文

夕阳暗淡的回光照着小巷，
满怀忧愁向谁倾吐衷肠？
荒凉的古道没有几个路人，
只有秋风吹得禾苗摇晃。

## 题解

此诗作于安史之乱后，描写了战乱后长安城荒凉败落的景象，抒发了作者感伤之情。

# 秋日湖上

薛莹

落日五湖游[1]，
烟波处处愁。
浮沉千古事，
谁与问东流？

**注释**

①五湖：指江苏的太湖。

## 译文

夕阳西落时在五湖漫游，
烟波浩渺让人处处生愁。
千古以来浮沉兴亡的世事，
已与水东流谁还会问来由？

## 题解

此诗怀古寄慨，诗人在日暮时分游览太湖，牵动了愁绪，慨叹古今变化，世事如烟，抒写了感伤之情。

# 宫中题

李昂[1]

辇路生秋草[2]，
上林花满枝。
凭高何限意，
无复侍臣知。

注释

①李昂(809—840)：即唐文宗。
②辇路：宫中帝王行驶的车路。

## 译文

御道上长满了秋草，
上林苑鲜花绽满枝头。
登高望远该有多少心意，
身边的侍臣也不知晓。

## 题解

此诗写于甘露事变之际，文宗皇帝李昂力图诛灭宦官，但事败反被宦官挟制，诗中抒写了当时凄苦无奈、郁闷悲愤的心情。如泣如诉，感人至深。

# 寻隐者不遇　贾岛

松下问童子，
言师采药去。
只在此山中，
云深不知处[①]。

**注释**

①不知处：不知道在何处。

## 译文

在松树下询问童子，
说老师已上山采药去。
只知道就在这座山中，
但云雾缭绕不知究竟在何处。

## 题解

本篇写山中寻访隐者不遇，表现隐士的超尘脱俗，抒写对隐者悠闲生活的向往。

## 作者介绍

贾岛（779—843），字阆仙，一作浪仙，范阳（今河北涿县）人。初因屡试不第，一度落拓为僧，法名无本。后还俗应试又不第。曾任长江主簿，人称贾长江。其诗作喜写荒凉枯寂之境，颇多寒苦之辞。长于五律，注重词句锤炼，刻苦求工，是有名的苦吟诗人。与孟郊齐名。

# 汾上惊秋　苏颋

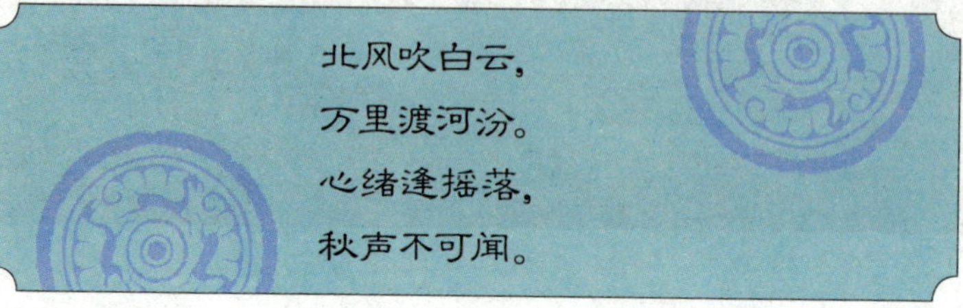

北风吹白云，
万里渡河汾。
心绪逢摇落，
秋声不可闻。

## 译文

北风吹着天上白云，
万里遥遥渡过河汾。
心情不好又逢花木凋落，
悲凉秋声不忍听闻。

## 题解

此诗是作者渡汾河时即景抒怀之作。诗中化用了汉武帝《秋风辞》中的诗句，描写了萧瑟的秋景，抒发了羁旅愁情。

# 蜀道后期　张说

客心争日月，
来往预期程。
秋风不相待，
先至洛阳城。

## 译文

归心似箭与日月争时，
来往路程预先计算分明。
可是秋风却不等待我，
提前吹到了家乡洛阳城。

## 题解

此诗作于诗人从蜀地返回洛阳时，诗中责怪秋风不守期约先到洛阳，含蓄地表现了诗人归心似箭的急切心情。

# 静夜思　李白

床前明月光，
疑似地上霜。
举头望明月①，
低头思故乡。

注释

①望明月：晋《清商曲辞·子夜四时歌秋歌》：“仰头望明月，寄情千里光。”

## 译文

床前一片明亮月光，
疑心是地上铺了浓霜。
抬起头仰望天上明月，
低下头深深思念故乡。

## 题解

此诗以极浅白的语言写游子望月思乡，创造了深远优美的意境，抒写了人人共有的思乡深情。题又作“夜思”。

# 秋浦歌　李白

白发三千丈，
缘愁似个长。
不知明镜里，
何处得秋霜。

## 译文

满头白发三千丈，
是因为忧愁才如此之长。
不知道在明镜里，
从什么地方染上了秋霜。

## 题解

此诗为诗人组诗十七首《秋浦歌》的第十五首，诗中以浪漫主义的夸张手法，抒写壮志未酬的无比愁情。《唐宋诗醇》说此诗“突然而起，四句三折，格力极健，要是倒装法也”。

# 赠乔侍御　陈子昂

汉廷荣巧宦，
云阁薄边功①。
可怜骢马使②，
白首为谁雄？

注释

①云阁：指云台和麒麟阁，均建于汉代。
②骢马使：汉代桓典为侍御史，有威名，人称骢马御史，此指乔侍御。

## 译文

汉王朝只让善钻营的官宦得到荣耀，
建功阁里最薄待的是戍边的功臣。
可怜你这位骑骢马的御史，
白发斑斑空逞雄才为的是谁人？

## 题解

此诗借古讽今，借对汉朝廷重用奸巧的官宦薄待功臣的揭露，斥责唐王朝用人不当、赏罚不明，为怀才不遇的乔侍御鸣不平，同时也抒发作者内心的愤懑。

## 作者介绍

陈子昂（661—702），字伯玉，梓州射洪（今四川省射洪县）人，唐睿宗文明元年（684）中进士，因《谏灵驾入京书》一文，为武则天所赏识，授麟台正字。武则天垂拱二年（686），从左补阙乔知之出征西北。长寿二年（693），升为右拾遗。后随武攸宜东征契丹，多次进谏，未被采纳，反而被斥降职。于圣历元年（698）辞官回乡，不久为贪暴的县令段简所陷害，死于狱中。

陈子昂在政治上曾针对时弊，提过一些改革的建议，希望朝廷重视农业生产，不要穷兵黩武；要“除天下之贪吏”，不要滥施刑罚。在文学方面针对初唐的浮艳诗风，力主恢复汉魏风骨，反对齐、梁以来的形式主义文风。主张继承汉魏传统，诗歌内容要反映社会现实，摈弃“采丽竞繁”的文风。他自己的创作，如《登幽州台歌》、《感遇》三十八首等诗，风格朴质明朗，格调苍凉激越，标志着初唐诗风的转变，对扫除当时诗坛靡丽习气，起过积极作用。

## 答武陵太守[①] 王昌龄

仗剑行千里，
微躯敢一言。
曾为大梁客[②]，
不负信陵恩[③]。

**注释**

①武陵：郡名，治所在今湖南常德。
②大梁：古城名，战国时魏国都城。
③信陵：即魏国信陵君，以礼贤下士著称，门下有食客三千。

### 译文

手持宝剑我将要远行千里，
临别之时虔诚地进上一言。
曾是古城大梁的门客，
决不辜负你这信陵君的深恩。

### 题解

此诗对武陵太守表达感激与敬仰之情，表达作者知恩图报的情怀。措辞委婉谦逊，情意真切，用典确当。

# 行军九日思长安故园 岑参

强欲登高去，
无人送酒来。
遥怜故园菊，
应傍战场开。

## 译文

强打精神想去登高，
可惜没有人送酒来。
遥想故乡可爱的菊花，
大概也是傍着战场绽开。

## 题解

此诗为行军途中抒怀之作。诗中描写行军途中的寂寞孤独，抒写对故园长安和亲人思念之情，也表达了诗人对时局的担忧。含蓄蕴藉，具有深意。

# 婕妤怨[1]

皇甫冉

花枝出建章[2]，
凤管发昭阳[3]。
借问承恩者，
双蛾几许长？

注释 <<<

①婕妤（jié yú）：皇宫中妃子称号。此指汉成帝时的班婕妤，贤而能诗，失宠后作《怨歌行》以自伤。
②建章：汉宫殿名。
③昭阳：亦为宫殿名。

## 译文

花枝招展的美人刚走出建章，
就听到昭阳宫里歌声悠扬。
借问那新得到皇帝宠幸的美人，
双眉到底画了有多长？

## 题解

此诗为宫怨诗。诗中揭露封建皇帝腐朽的后宫生活，抒写失宠宫妃的哀怨。

## 作者介绍

皇甫冉（716—769），字茂政，安定（今甘肃泾川北）人。曾祖时徙居丹阳（今江苏省丹阳市）。天宝十五年进士，授无锡尉。唐代宗大历初，王缙为河南节度使，辟为掌书记，官终右补阙。他是大历十才子之一。生逢乱世，奔波无定，又喜与方外交游，诗歌多写离乱漂泊、宦游隐逸、山水风光。诗风清逸俊秀。深得高仲武赞赏，说他的诗“发调新奇，远出情外”，惋惜他“长辔未聘，芳兰早凋”。（《中兴间气集》）

## 题竹林寺[1]　朱放

岁月人间促，
烟霞此地多。
殷勤竹林寺，
更得几回过。

注释 <<<

①竹林寺：寺庙名，在庐山。

### 译文

人世间岁月匆匆分外短促，
烟霞缤纷这里美景最多。
让人留连忘返的竹林寺，
一生之中能有几回经过？

### 题解

此诗描写竹林寺烟霞缤纷云蒸霞蔚的美景，抒发人生短促的感伤，富有禅意，耐人寻味。

# 三闾庙[1] 戴叔伦

沅湘流不尽[2]，
屈子怨何深。
日暮秋风起，
萧萧枫树林。

**注释** <<<

①三闾庙：即屈原庙，屈原曾任三闾大夫。故址在今湖南汨罗县内。
②沅湘：沅水和湘水，在湖南境内。

## 译文

沅水湘水滔滔奔流，
屈原的怨愤何其深沉。
暮色苍茫阵阵秋风吹来，
枫树林中一片萧萧响声。

## 题解

此诗托景寓情，抒写对伟大诗人屈原深切同情和怀念之情，景情交融，言简意深。

## 作者介绍

戴叔伦（732—789），字幼公，润州金擅（今属江苏）人。历参湖南、江西幕府，后任抚州刺史，官终容管经略使。政绩颇受人推重，史称“其治清明仁恕，多方略”。晚年上表自称为道士。其诗多写景抒情之作，但也写过一些揭露社会矛盾和反映人民疾苦的诗。他曾提出著名的“诗家之景，如兰田日暖，良玉生烟，可望而不可置于眉睫之前”的主张，其诗风格婉约清丽。

# 易水送别

骆宾王

此地别燕丹[1]，
壮士发冲冠。
昔时人已没，
今日水犹寒。

注释

①燕丹：战国时燕国太子丹。

##  译文

荆轲在这里告别燕太子丹，
为除暴秦壮士怒发冲冠。
当年的勇士虽然已经逝去，
今日的易水还仍然让人心寒。

##  题解

此诗悼念古代英雄人物，描绘荆轲慷慨赴义的英雄形象，对其壮志未酬深致感慨。回肠荡气，感人至深。

##  作者介绍

骆宾王（640？—684？），婺（wù）州义乌（今浙江义乌市）人。他年轻时就以擅长诗文著名。高宗李治末年，曾任长安主簿，后迁侍御史，见高宗昏庸，武后擅政，几次上书议论朝政，多讽谏之词，触怒武后，被诬下狱。出狱后被贬为临海（今浙江临海市）丞，不得志，便弃官而去。中宗李显嗣圣元年（684），徐敬业在扬州起兵讨伐武后，骆宾王投奔敬业，与徐共谋，作《代李（徐）敬业以武后临朝移诸郡县檄》。武则天读檄文，开头“但嘻笑，至‘一抔之土未乾，六尺之孤安在？’矍然曰：‘谁为之？’或以宾王对，后曰：‘宰相安得失此人？’”（《新唐书·文艺传》）徐敬业兵败，骆宾王从此逃亡，不知所终。骆宾王因从军和任低级官员，曾到过幽燕、蜀中和西北、东南各地，生活道路也与宫廷诗人不同。他在诗歌的语言、技巧方面承先启后，对改革唐初华丽而内容贫乏的诗风，起过一定作用。他的作品多抒写个人哀

怨，生活面不够广泛。他也写了不少诗文，唐中宗曾下诏收集他的诗文，得数百篇，令郄云卿编为《骆宾王文集》。

# 别卢秦卿　司空曙

知有前期在①，
难分此夜中。
无将故人酒，
不及石尤风②。

注释 <<<

①前期：相约再见的日期。
②石尤风：行船时遇到的当头逆风。

## 译文

虽然知道有再约定相见的日子，
但今夜里仍依依难舍情意深重。
不要说我这杯故人的饯别酒，
不如那阻挡你行进的石尤风。

## 题解

此诗写送别，表现好友依依惜别、难舍难分的情景。以饯别酒与逆风相比，认为酒也可比得上逆风能阻挡友人走。构思新颖，情真意切。

## 作者介绍

司空曙（生卒年不详），字文明，广平（今河北永年县境）人。进士及第，历任主簿、左拾遗，外出为江陵长林县丞。韦皋为剑南节度使时，曾召至幕府。终虞部郎中。他是大历十才子之一，其诗多抒写羁旅之情，常有名句。

# 答人 太上隐者

偶来松树下，
高枕石头眠。
山中无历日①，
寒尽不知年。

注释

①历日：历书、旧历。

## 译文

偶尔来到松树下，
高高地枕着石头安眠。
山中没有纪年的日历，
寒气已尽不知又是何年。

## 题解

这篇答人诗描写隐者不知时间节令长年隐居深山闲适自在超然的生活，展示了一位不食人间烟火的雅士的形象。

# 五言律诗

## 幸蜀回至剑门　李隆基

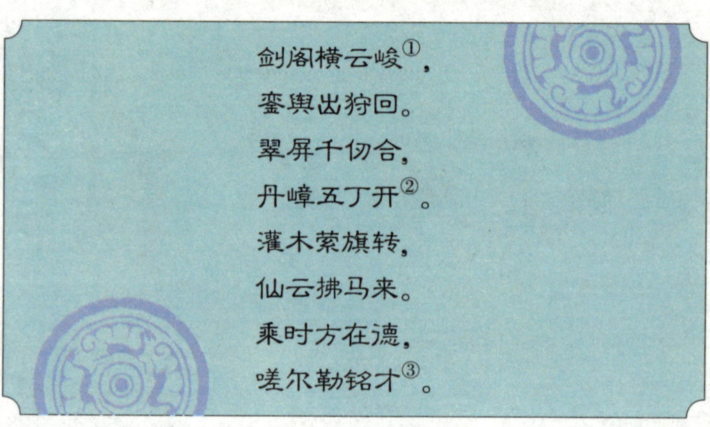

剑阁横云峻①，
銮舆出狩回。
翠屏千仞合，
丹嶂五丁开②。
灌木萦旗转，
仙云拂马来。
乘时方在德，
嗟尔勒铭才③。

注释

①剑阁：在今四川剑阁县北，古时入蜀要道。
②五丁开：传说剑门山路为五位男壮丁勇士所开。
③勒铭：刻石记功。

### 译文

高峻的剑阁横卧于彩云间，
乘銮舆出山狩猎返回。
千仞高的山峰如翠绿屏风叠合，
山间险峻石壁由五位大力士凿开。
丛生的灌木好像围着旗帜转动，
白云有如飞仙拂着马头飘来。
治国应顺应时势施行仁德，
我衷心赞叹平乱建功的英才。

## 题解

此诗是唐明皇回剑门途中作。诗中对剑阁险峻地势和壮丽景色作了动人描写，显示了作为至尊皇上的气概与胸襟。

## 作者介绍

李隆基（685—762），唐代第八个皇帝，庙号玄宗，一称唐明皇。因平定唐中宗李显的皇后韦氏之乱有功，被立为太子，代睿宗即帝位。执政初期，励精图治，任用贤相，开元年间，使唐王朝进入全盛时期，史称“开元之治”。改元天宝后，荒废政事，宠信奸相李林甫、杨国忠，政治腐败，终于酿成了历史上著名的“安史之乱”，仓皇逃奔四川，其子肃宗李亨继位。肃宗收复长安后，他才从成都回京退居宫中，病卒。李隆基善诗并精通音律，又善书法，诗作较为雄健有力。他执政初期，政治较开明，对唐诗的繁荣是起了促进作用的。

# 和晋陵陆丞《早春游望》

杜审言

独有宦游人，
偏惊物候新①。
云霞出海曙，
梅柳渡江春。
淑气催黄鸟，
晴光转绿蘋。
忽闻歌古调②，
归思欲沾巾。

注释 <<<

①物候：景物气候。
②古调：此指陆丞的诗。言其有古诗的格调。

## 译文

惟有在异国他乡宦海浮游的人，
才对季节变化感到特别惊心。
霞光从海面上拥出一轮红日，
江南春天柳叶翩翩梅花缤纷。
温暖空气催促黄莺欢快鸣啼，
和煦阳光哺育绿蘋欣欣向荣。
忽然听到你吟诵古雅诗篇，
思归故里的泪水沾湿衣襟。

## 题解

本诗以明丽的语言描绘江南早春美好风光，敏锐地表现对季候变化的感受，抒写了深深的思乡之情。气象宏阔，声色并茂。晋陵，今江苏武进县。陆丞，作者的朋友，名不详，当时为晋陵县丞。早春游望：为陆丞原诗作名。本篇为和诗。

# 蓬莱三殿侍宴奉敕咏终南山①

杜审言

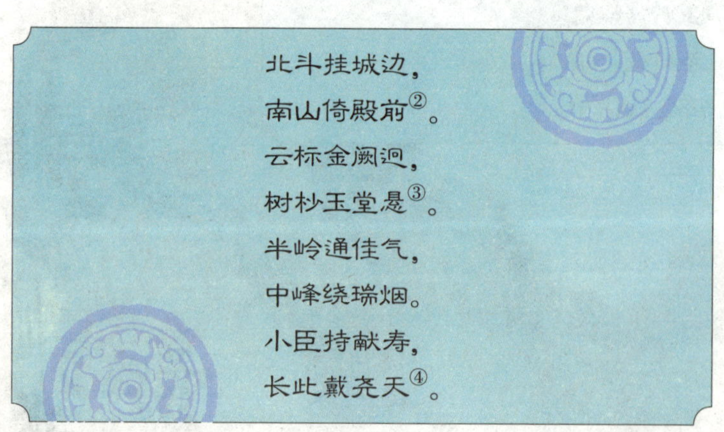

北斗挂城边，
南山倚殿前②。
云标金阙迥，
树杪玉堂悬③。
半岭通佳气，
中峰绕瑞烟。
小臣持献寿，
长此戴尧天④。

注释

①蓬莱三殿：唐代大明宫内有紫宸、蓬莱、含元三殿，统称“蓬莱三殿”。
②南山：即终南山。
③玉堂：西汉宫殿名。
④尧天：尧时的太平盛世。

## 译文

北斗星高挂在长安城边，
终南山紧靠着三大宫殿。
金色楼阁高高地耸入云端，
白色的台榭在树梢上浮悬。
半山腰联通京城佳气，
峰峦间缭绕祥云瑞烟。
小臣手持金杯前来祝寿，
祝愿皇朝盛世千秋万年。

## 题解

此诗是唐中宗寿辰在蓬莱三殿赐宴时应制之作。诗中对壮丽的终南山美好祥和景观作了生动描写，借以向中宗祝寿，巧妙地寄寓了“寿比南山”的祝愿。

## 春夜别友人

陈子昂

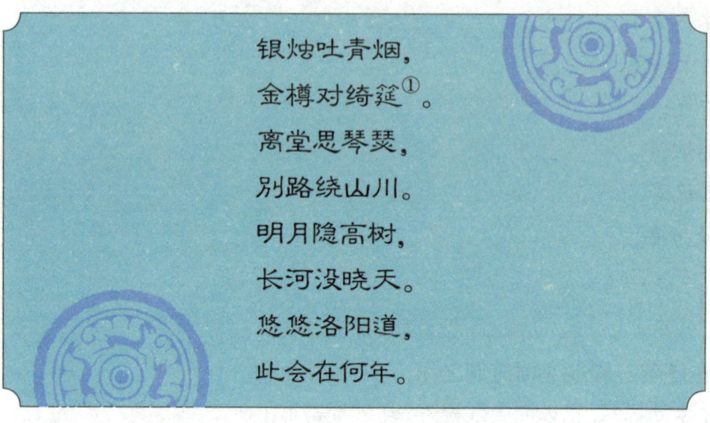

银烛吐青烟，
金樽对绮筵[①]。
离堂思琴瑟，
别路绕山川。
明月隐高树，
长河没晓天。
悠悠洛阳道，
此会在何年。

注释 <<<

①绮筵：丰盛的酒宴。

### 译文

银色蜡烛悠悠地吐着青烟，
手举金杯对着丰盛的酒筵。
饯别的厅堂追忆聚会的欢乐，
别后的道路环绕千里山川。
明月已悄悄隐没高树之后，
银河也暗暗消失在拂晓蓝天。
今日分手在悠长的洛阳道上，
不知他日再相会要在何年。

### 题解

此诗为赠别诗。诗中描写了送别夜宴上依依惜别难舍难离的情景，渲染了淡淡的愁绪，表达了深挚的情谊。

# 长宁公主东庄侍宴[1]

李峤

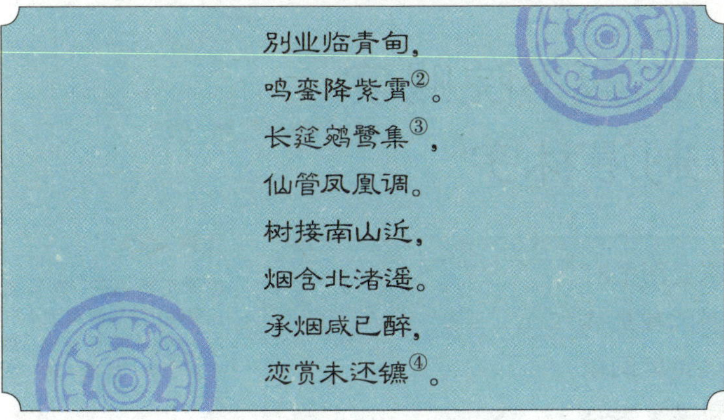

别业临青甸，
鸣銮降紫霄[2]。
长筵鹓鹭集[3]，
仙管凤凰调。
树接南山近，
烟含北渚遥。
承烟咸已醉，
恋赏未还镳[4]。

**注释** <<<

①长宁公主：唐中宗的女儿。东庄：长宁公主的别墅。
②鸣銮：皇帝的车驾。紫霄：指皇帝宫殿。
③鹓鹭：鸳鸯和鹭鸶，飞行时整齐有序，比喻朝官齐集列队班行。
④镳(biāo)：马嚼子，此代指马。

## 译文

公主的别墅建在郊野之外，
皇帝的车驾从紫霄降临。
举行盛宴百官有如鹓鹭齐聚，
箫管齐奏恰似凤凰和鸣。
繁茂的树木连接着终南山，
缭绕的烟霞与渭水相辉映。
承受恩泽百官都醉意浓浓，
留恋玩赏美景忘了勒马返程。

## 题解

此诗是作者随驾至长宁公主别墅侍宴而作。诗中生动地描写了宴会的豪华、宏大和壮观，赞颂皇恩浩荡、太平盛世。

# 恩赐丽正殿书院赐宴应制得林字①

张说

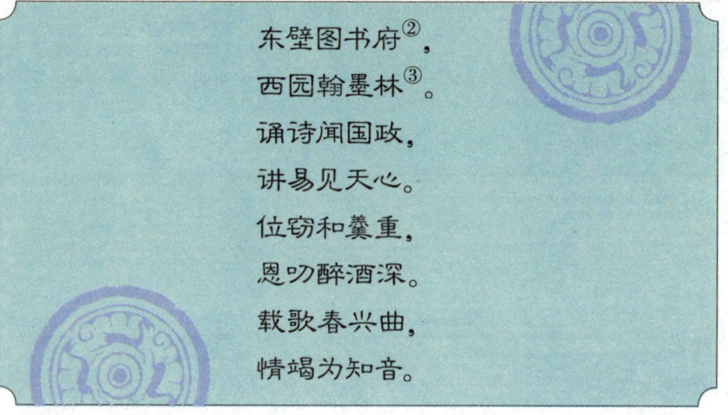

东壁图书府②，
西园翰墨林③。
诵诗闻国政，
讲易见天心。
位窃和羹重，
恩叨醉酒深。
载歌春兴曲，
情竭为知音。

**注释**

①丽正殿书院：亦称丽正书院，建于唐玄宗十三年，为皇帝研学之处。得“林”字，即押“林”字韵。

②壁：星宿名，二十八宿之一，古人认为主管天下文章之事，转指皇帝收藏图书的秘府。

③西园：园名。三国时魏文帝与曹植常和建安七子在此集会赋诗。

## 译文

东壁书院汇集了天下的图书，
西院翰墨生香汇聚天下才人。
诵读《诗经》可以知道治国之道，
讲解《易经》能够明白天意天心。
窃居宰相高位肩负治国重任，
承蒙皇帝赐酒恩泽隆深。
满怀激情诵唱春兴曲，
竭尽才智作诗酬谢知音。

## 题解

此诗是诗人在丽正殿书院宴会上写的应制诗。诗中描写书院人才济济图文荟萃的景象，抒发对皇帝知遇之恩的感戴之情。笔墨凝练，对仗工整，为应制诗的佳作。

# 送友人 李白

青山横北郭，
白水绕东城。
此地一为别，
孤蓬万里征。
浮云游子意，
落日故人情。
挥手自兹去，
萧萧班马鸣[①]。

注释

①班马：指将要离别的马。

## 译文

巍峨的青山横卧在北城之外，
清澈的江水紧紧环绕着东城。
今天在此地与你洒泪相别，
从此像孤蓬一样万里飘零。
浮云飘忽不定如同你的心意，
落日迟迟好似朋友惜别深情。
频频挥手告别从此上路，
难舍难离马儿也萧萧长鸣。

## 题解

本诗是李白送别诗名篇，全诗通过环境景物的描写，气氛的渲染，浮云落日的比喻，充分表达了作者与友人依依惜别的深挚友情。清新自然，意蕴深厚。

# 送友人入蜀　李白

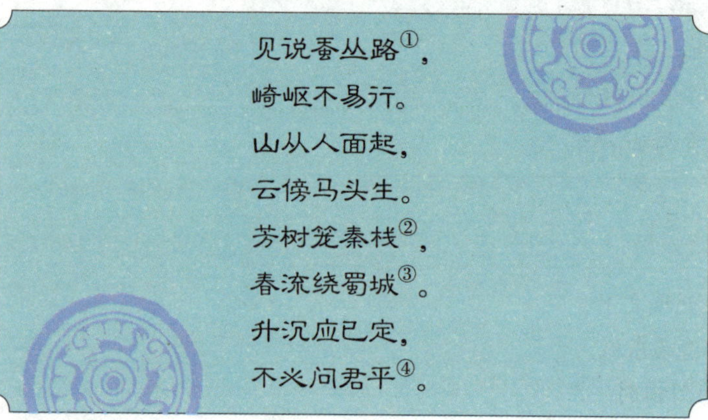

见说蚕丛路[1]，
崎岖不易行。
山从人面起，
云傍马头生。
芳树笼秦栈[2]，
春流绕蜀城[3]。
升沉应已定，
不必问君平[4]。

**注释 <<<**

①蚕丛：传说中古代蜀王之名，此处代指蜀地。
②秦栈：从秦入蜀的栈道。
③蜀城：指成都。
④君平：指汉代隐士严遵，字君平，善卜卦。

## 译文

听说去蜀地的山路，
崎岖险峻难以通行。
陡峭的山崖在人面前耸立，
白云依傍着马头飘升。
绿树笼罩着从秦入蜀的栈道，
春水环绕着蜀都古城。
宦海的升沉是命中注定
不必去问算命占卜的君平。

## 题解

这首送别诗紧扣友人去地川蜀展开，描写蜀道的崎岖险峻及蜀地美好的景致，劝慰友人坦然对待前程。全诗笔法起伏变化，飘逸多姿，为送别诗的名篇。

# 次北固山下

王湾

客路青山外[1]，
行舟绿水前[2]。
潮平两岸阔，
风正一帆悬。
海日生残夜，
江春入旧年。
乡书何处达，
归雁洛阳边。

注释 <<<

①客路：指旅途。
②绿水：此指长江。

## 译文

道路在青翠北固山下伸展，
船行在碧绿的江水之间。
潮水漫涨两岸更加宽阔，
顺风行船桅杆高悬孤帆。
海上喷出红日驱走暗夜，
江上春天来到送走旧年。
家信不知怎样才能送到，
托归雁带去对洛阳亲人的怀念。

## 题解

本诗是作者旅途思乡之作。诗人以准确精炼的字词描写在北固山下远眺的壮丽景色，抒写了深深思乡之情。写景鲜明，风格壮美。次：停歇，此处指船停泊。北固山：在今江苏镇江市北，三面临江，地势险固。

## 作者介绍

王湾（生卒年不详），洛阳人。玄宗先天年间（712—714）进士。开元初为荥阳主簿。后参加编次四部典籍和校理丽正院书。仕途坎坷，官终洛阳尉。他的诗当时很负盛名，曾往来吴、楚间，与綦毋潜交谊甚厚，多有著述。

# 苏氏别业

祖咏

别业居幽处，
到来生隐心①。
南山当户牖②，
沣水映园林③。
竹覆经冬雪，
庭昏未夕阴。
寥寥人境外，
闲坐听春禽。

注释<<<

①隐心：隐居之心。
②牖（yǒu）：窗户。
③沣（fēng）水：水名，发源于秦岭，流经西安，注入渭水。

## 译文

别墅位于幽静处，
来到此地便生退隐之心。
终南山正对着门窗，
沣水映出园林的倒影。
竹梢上覆盖着经冬的残雪，
庭院未到黄昏就一片凉阴。
幽静清寂像置身世外，
悠闲独坐谛听春鸟啼鸣。

## 题解

此诗描写苏氏别业的景色，突出表现其幽静清寂，借以表现别业主人超尘脱俗的品格。含蓄动人。

# 春宿左省

杜 甫

花隐掖垣暮①，
啾啾栖鸟过。
星临万户动，
月傍九霄多。
不寝听金钥②，
因风想玉珂③。
明朝有封事④，
数问夜如何？

注释 <<<

①掖垣：宫墙。
②听金钥：听到开宫门的锁钥声。
③玉珂：指精美的玉饰的马铃。
④封事：议论政事的奏章，为保密，封在黑色的袋子里，故称“封事”。

## 译文

花影暗淡宫墙内黄昏来到，
回巢鸟啾啾叫从这里飞过。
群星照耀千门万户光闪烁，
楼耸九霄得到月照特别多。
夜不能寐倾耳静听金钥响，
风吹铃铎好像朝拜响玉珂。
明天早晨要向君王上封事，
怕误了上朝多次问天亮没有？

## 题解

本诗写作者春夜在左省值班，紧张不安睡不好觉，生怕耽误第二天早晨上朝，表现诗人尽忠职守关心国事的品格。宿，值宿，指晚上在左省值班。

# 题玄武禅师屋壁　杜甫

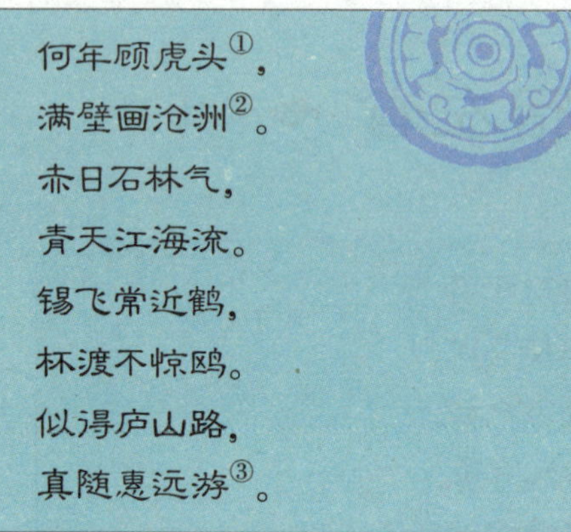

何年顾虎头[1]，
满壁画沧洲[2]。
赤日石林气，
青天江海流。
锡飞常近鹤，
杯渡不惊鸥。
似得庐山路，
真随惠远游[3]。

**注释 <<<**

①顾虎头：指东晋画家顾恺之，小名虎头。
②沧洲：水滨，此指壁画内容。
③惠远：东晋高僧，曾主持庐山东林寺。

## 译文

顾虎头是哪年来过此地？
满墙壁画着水滨风光。
红日当空石林云雾缭绕，
碧海蓝天流水奔腾激荡。
锡杖常常伴着白鹤飞舞，
乘舟横渡海鸥并不惊惶。
这画境就像走在庐山的路上，
真愿随惠远高僧云游四方。

## 题解

本诗为题画诗。诗中描写壁画画境，突出表现画境风光之美，赞美画师画艺高超。用典自然贴切，虚实相生。

# 终南山　王维

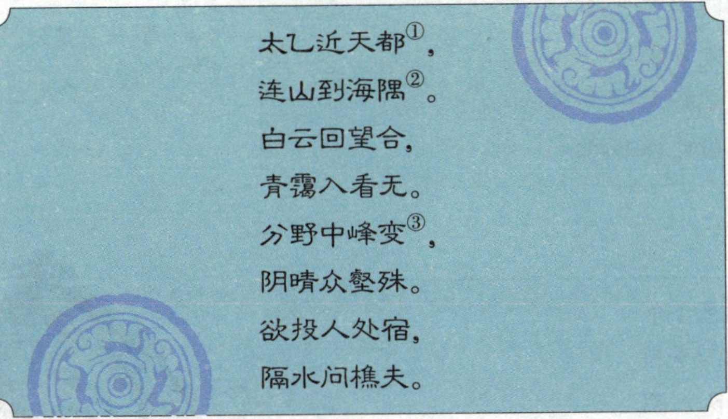

太乙近天都①，
连山到海隅②。
白云回望合，
青霭入看无。
分野中峰变③，
阴晴众壑殊。
欲投人处宿，
隔水问樵夫。

**注释**

①太乙：终南山主峰，也是终南山的别名。天都：天帝所居地。
②海隅：海边。
③分野：古代用天上星宿位置标志地上区域，叫分野。

## 译文

终南山高耸入云靠近天都，
山势逶迤连绵直伸到海隅。
回头望可见白云连成一片，
走进山中却又见不到云雾。
天上星座将中峰划分区域，
山丘低谷阴晴变化悬殊。
想要投奔一处人家去住宿，
隔着溪水问那打柴的樵夫。

## 题解

本诗为山水诗名篇，诗人从不同角度描绘终南山的雄伟壮丽，笔墨豪雄中又有细腻，壮美中又有妩媚，气势磅礴，境界阔大。终南山：在今陕西省长安县南。

# 寄左省杜拾遗

岑参

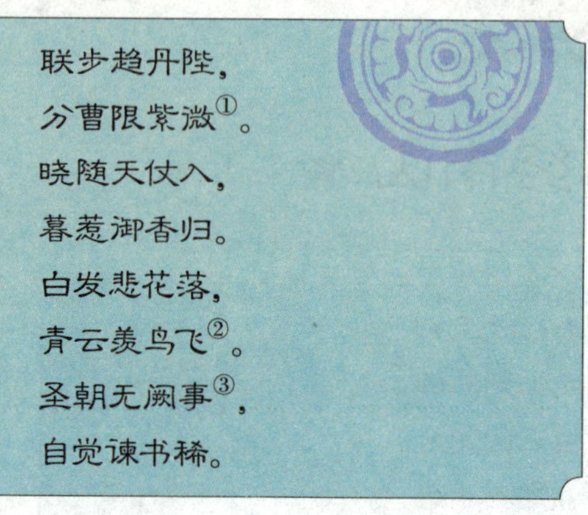
联步趋丹陛，
分曹限紫微[①]。
晓随天仗入，
暮惹御香归。
白发悲花落，
青云羡鸟飞[②]。
圣朝无阙事[③]，
自觉谏书稀。

**注释**

①分曹：分别任职于不同官署。限紫微：相隔中书省。紫微，即中书省。唐中书省多种紫微花。微，通“薇”。

②青云：指仕途高升，喻高位。

③阙：通“缺”，缺失，不完美。

## 译文

上朝时齐步同登红色台阶，
分署办公又和你相隔紫薇。
早上随着天子仪仗队入朝，
傍晚身染御炉的香气回归。
看满头白发悲叹春花凋落，
望万里青云羡慕众鸟高飞。
圣明的朝代没有什么过失，
规谏皇帝的奏章日见稀微。

## 题解

本诗是诗人任右补阙时写给当时任左拾遗的杜甫的一首记事述怀诗，记和杜甫一起上朝的情景，抒发作者郁郁不得志的苦闷。左省，即门下省，唐代中央行政机构有门下省和中书省。门下省在宣政殿东面，称东台，又称左省或左掖，杜拾遗，指杜甫。

## 作者介绍

岑参（715—770），江陵（今湖北江陵县）人。天宝三年（744）中进士，天宝八年（749）充任安西节度使高仙芝幕府书记。天宝十三年（754），封常清任安西北庭节度使，岑参再度出塞，摄监察御史，充安西、北庭节度判官。安禄山反，肃宗即位后，至德二年（757）入朝任右补阙，后出为虢州长史，关西节度判官，嘉州刺史。大历五年卒于成都。岑参的诗，题材多样，想象丰富。特别是几次随军出塞，使他对西北边地风光和战士生活深有体会，描写边塞最为擅长。

## 登总持阁[①] 岑参

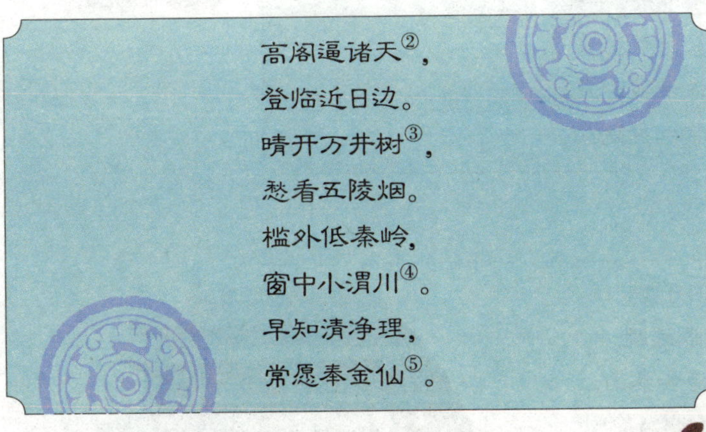

高阁逼诸天[②]，
登临近日边。
晴开万井树[③]，
愁看五陵烟。
槛外低秦岭，
窗中小渭川[④]。
早知清净理，
常愿奉金仙[⑤]。

注释 <<<

①总持阁：即总持寺阁，在终南山上。
②诸天：佛教认为天可分为许多层，总称为诸天。
③万井：此指万家宅院。
④渭川：渭水。
⑤金仙：泛指佛教和道教的神仙。

## 译文

高峻的总持阁直逼云天，
登上楼阁仿佛靠近日边。
晴天时万家树木历历在目，
阴天时五陵笼罩一片愁烟。
逶迤的秦岭就在门槛之外，
细长的渭水推开窗遥遥可见。
早知道佛家禅理如此清净，
我愿永远诚心侍奉佛仙。

## 题解

此诗写作者登终南山总持阁所观所感，全诗着力描写总持阁的巍峨高峻，抒写作者的感悟。气势雄伟，笔法老到。

# 登兖州城楼[1]

杜甫

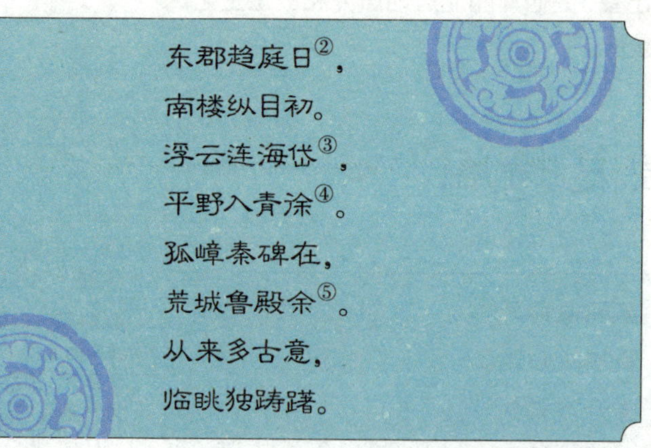

东郡趋庭日[2]，
南楼纵目初。
浮云连海岱[3]，
平野入青徐[4]。
孤嶂秦碑在，
荒城鲁殿余[5]。
从来多古意，
临眺独踌躇。

注释 <<<

①兖（yǎn）州：唐代州名，在今山东省。
②东郡：兖州的古称。
③海岱：东海和泰山。
④青徐：青州、徐州。
⑤鲁殿：汉时鲁恭王在曲阜城修的灵光殿。

## 译文

在东郡探望父亲的日子里，
初次登上南城楼放眼远眺。
飘浮的白云连接东海和泰山，
绿色的原野直伸到青州与徐州。
孤高山峰上还留着秦时石碑，
鲁殿的残迹尚遗存荒芜城头。
我从来就容易感时伤古，
登高远眺就更觉惆怅伤愁。

## 题解

此诗写作者登上兖州城楼纵目远眺时所见壮美景色，全诗视野开阔，古迹名胜历历如绘，结构谨严，格律工稳。

# 送杜少府之任蜀州　王勃

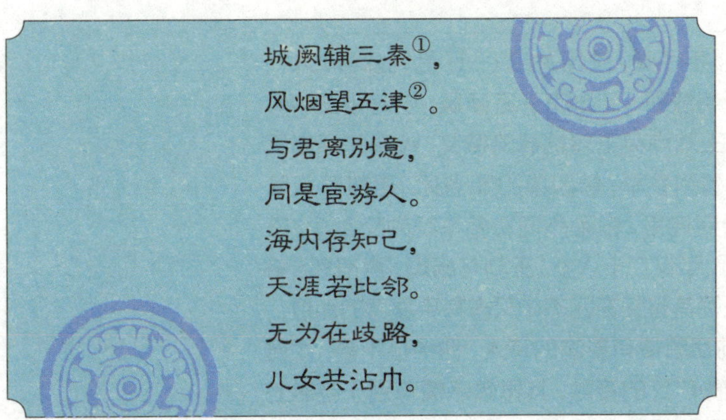

城阙辅三秦[1]，
风烟望五津[2]。
与君离别意，
同是宦游人。
海内存知己，
天涯若比邻。
无为在歧路，
儿女共沾巾。

**注释**

①城阙：皇宫门前的望楼叫阙。辅：拥卫、保护的意思。三秦：指现在陕南关中地区。
②五津：津，渡口。五津指白华津、万里津、江首津、涉头津、江南津。

## 译文

雄伟长安城由三秦拱卫，
遥望五津处处风烟迷濛。
和你离别心怀无限情意，
我们都是在宦海浮沉的人。
四海之内都有知心朋友，
远隔天涯也像近在比邻。
不要在岔道口分手之时，
像小儿女般眼泪沾湿衣巾。

## 题解

本诗为赠别名篇。是诗人在长安任职时为送友人杜少府赴任而作。诗人以豪迈气概送友，没有伤感的儿女情长，表现了奋发进取的情怀和对朋友真挚的友谊。"海内存知己，天涯若比邻"为千古传颂的名联。全诗笔力雄健，情调昂扬。

## 作者介绍

王勃（649—676），字子安，绛州龙门（今山西河津县）人。年十四考应举对策，授朝散郎，又为沛王府修撰。当时诸王中斗鸡风盛行，王勃戏作沛王鸡向英王鸡挑战的檄文，被高宗逐出王府。后漫游蜀中，又任虢州参军，曾因事犯罪当死，遇赦革职除名。其父王福畤为此受到连累，由雍州司功参军贬为交趾令，王勃渡海省亲，溺水而死。年仅二十八岁。王勃与杨炯、卢照邻、骆宾王并称“初唐四杰”，而其诗文在四杰中又占有更显著的地位，是陈子昂登上文坛以前初唐最有影响的诗人。他地位不高，仕途坎坷，对社会生活有较为广泛的接触，其思想感情有别于当时上层当权的统治集团。因而使得他的诗作，在题材和形式上对齐梁淫靡浮艳诗风有所突破，表现了积极进取精神，使唐诗开始向写实、抒情的健康方向发展，对促进五律的成熟有一定的贡献。

## 送崔融　杜审言

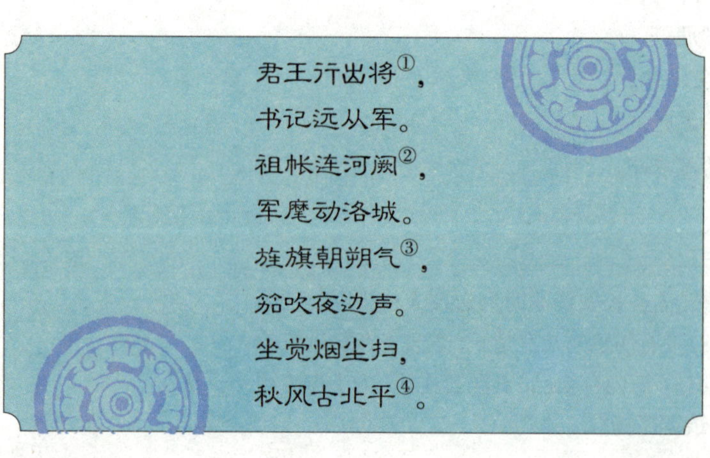

君王行出将①，
书记远从军。
祖帐连河阙②，
军麾动洛城。
旌旗朝朔气③，
笳吹夜边声。
坐觉烟尘扫，
秋风古北平④。

注释

①出将：派将领出征。
②祖帐：饯行的帐幕。
③朔气：北方的寒气。
④北平：郡名，此泛指北方边地。

## 译文

君王命令将军出师讨伐，
你作为书记也要随军远征。
饯行的帐篷直搭到河边，
军旗挥动震动洛阳城。
清晨大军冒着凛冽寒风上前，
夜晚边塞上传来军号声声。
坐着的工夫便觉得战争已结束，
秋风从北方传来胜利的喜讯。

## 题解

此诗为送崔融出征而作。诗中描写送行的场面，展望大军行进的壮观气势和横扫敌军荡平敌寇的场景，气势宏大，情绪高昂。

## 作者介绍

杜审言（646—708），字必简，祖籍襄阳（今湖北襄樊市襄阳区），迁居巩县（今河南巩县）。高宗咸亨元年（670）进士，曾任隰（xí）城尉、洛阳丞，后贬为吉州司户参军。武后时，授著作佐郎、膳部员外郎。中宗神龙初（705），因结交幸臣张易之获罪，流放峰州。不久又起任国子监主簿、修文馆直学士，后病卒。杜审言正当高宗、武后朝代，天下较安定，一时文士并起，形成了初唐时期文学初步繁荣的局面。他青年时期与李峤、崔融、苏味道一起被誉为“文章四友”。为人狂放，自恃才高，常以文章自负。他的诗格律严谨，清新自然，所作多为五律，是唐代“近体诗”奠基人之一。他是大诗人杜甫的祖父，杜甫在某些方面受到他的影响。

# 扈从登封途中作[①]

宋之问

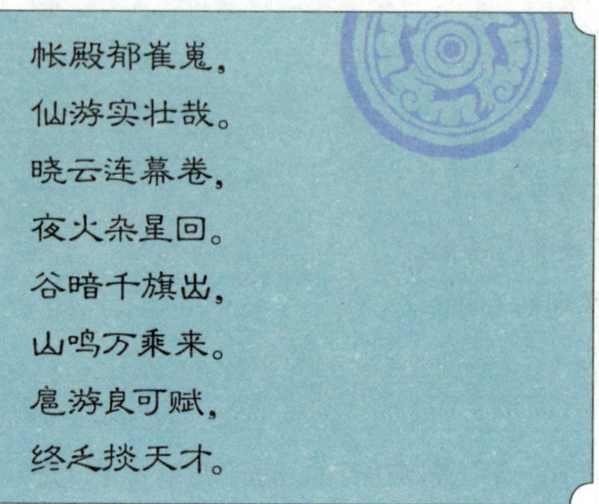

帐殿郁崔嵬，
仙游实壮哉。
晓云连幕卷，
夜火杂星回。
谷暗千旗出，
山鸣万乘来。
扈游良可赋，
终乏掞天才。

注释 <<<

①扈从：担任随皇帝出巡时的侍从。登封：河南省登封县。

## 译文

锦帐宫殿坐落在崔嵬嵩山，
皇帝出巡何等壮观雄伟。
清晨彩云和帐幕连成一片，
晚上灯火和星光交映生辉。
幽暗山谷拥出千杆旗帜，
山峰轰鸣迎来万乘车骑。
侍从君王出巡真应作赋颂扬，
可惜我才华不足心中深感惭愧。

## 题解

此诗为扈从武则天回登封途中所作。诗中描写武则天出游场面的壮观气势，渲染宏伟的气氛。运用比喻生动贴切。

## 作者介绍

宋之问（656？—712），字延清，一字少连，汾州（今山西汾阳市）人。高宗上元二年（675）进士。武则天时为宫廷侍臣，颇受恩宠。后因谄事张易之获罪，被贬为泷（shuāng）州参军。不久，回洛阳，趋附武三思，又任鸿胪寺主簿。后以受贿罪贬越州长史。睿宗时流放钦州，玄宗先天元年（712）赐死。在文学上，宋之问当时与沈佺期齐名，并称“沈宋”。他们两个人都是以文求进，趋附权贵，品格卑陋。但因其一再被贬，其诗作，哀怨真切，颇有风味。他对奠定初唐近体诗的贡献，还是大家所公认的。

# 题义公禅房

孟浩然

义公习禅寂[1]，
结宇依空林。
户外一峰秀，
阶前众壑深。
夕阳连雨足，
空翠落庭阴。
看取莲花净[2]，
方知不染心。

注释 <<<

①义公：唐时高僧。禅寂：指禅师坐禅入定，寂灭思虑冥想。

②莲花净：佛教以莲花作为清净高洁的象征。

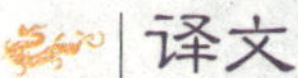

## 译文

寂静的义公习禅居处，
新建的房宇依着空林。
户外有一座峻峰独展秀色，
阶前是一群山谷晦暗幽深。
夕阳在雨后更加灿烂明媚，
庭中有翠丛落下的浓阴。
看那荷池洁净的莲花，
方知怎样才是不污染的心。

## 题解

此诗写禅寺。诗中细致描写禅寺周围清幽明净的景色，表现义公超尘脱俗、心清如莲的品格。构思巧妙，清新自然。

# 醉后赠张九旭[1]　高适

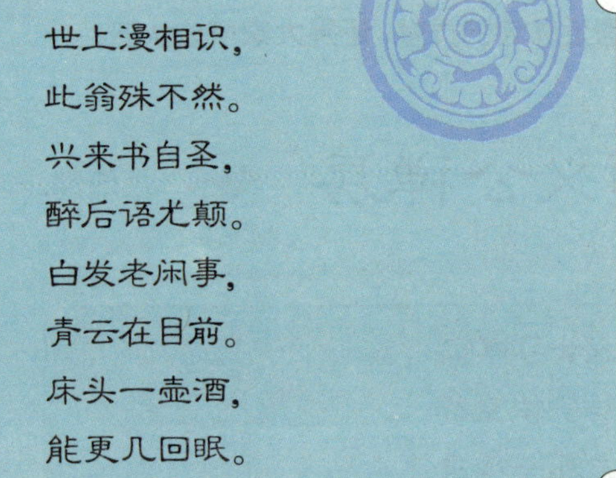

世上漫相识，
此翁殊不然。
兴来书自圣，
醉后语尤颠。
白发老闲事，
青云在目前。
床头一壶酒，
能更几回眠。

**注释**

①张九旭：即张旭，字伯高。唐代著名书法家，以草书著称，世称“草圣”。

## 译文

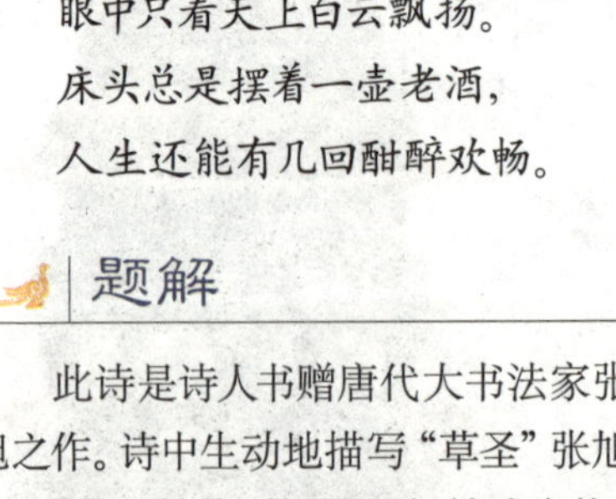

世间的人都能随便结交朋友，
只有这位老人和人们不一样。
兴致来时信笔挥毫便达圣境，
喝醉之后说起话来尤为颠狂。
白发苍苍老来悠闲自乐，
眼中只看天上白云飘扬。
床头总是摆着一壶老酒，
人生还能有几回酣醉欢畅。

## 题解

此诗是诗人书赠唐代大书法家张旭之作。诗中生动地描写“草圣”张旭狂放、豪放的性格，笔法洒脱，情感真挚。

# 玉台观[1]　杜甫

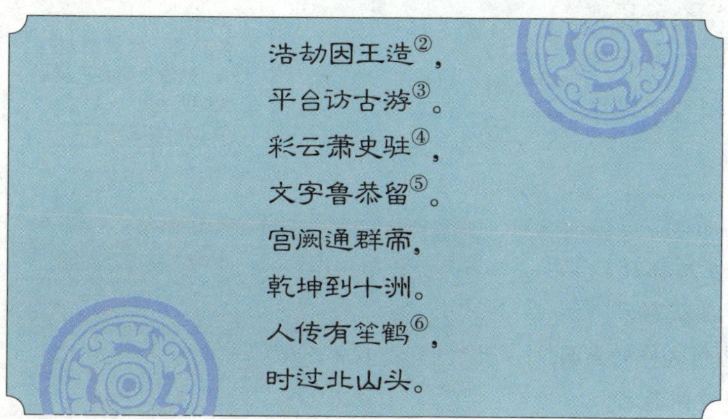

浩劫因王造[2]，
平台访古游[3]。
彩云萧史驻[4]，
文字鲁恭留[5]。
宫阙通群帝，
乾坤到十洲。
人传有笙鹤[6]，
时过北山头。

**注释 <<<**

①玉台观：道观名，故址在今四川省阆中县，为唐高祖之子滕王李元婴所建。
②浩劫：道家称宫观的台阶为浩劫，表示长久不坏的意思。
③平台：古迹名，在河南商丘东北。此指玉台观。
④萧史：相传为秦穆公时人，善吹箫，穆公女儿弄玉爱他，穆公便把女儿嫁给他，并为他们修建了凤台。
⑤鲁恭：即鲁恭王，汉景帝之子。他在扩建宫室时拆去孔子旧宅，在墙中获得《古文尚书》等儒家典籍。
⑥笙鹤：传说周灵王之子王子乔好吹笙，后乘白鹤成仙。

##  译文

玉台观由滕王建造，
我有幸登上此台一游。
画中彩云应是萧史踩过，
碑上文字当由鲁恭王刻修。
巍峨的宫殿迎来玉帝群仙，
宏阔的画面容纳天地十洲。
人们传说有吹笙骑鹤的仙人，
时常降临在北面的山头。

##  题解

此诗集中描写玉台观的壮丽景色，诗中运用与道教有关的一系列典故传说，突出了道观的特色。

# 观李固请司马弟山水图[①] 杜甫

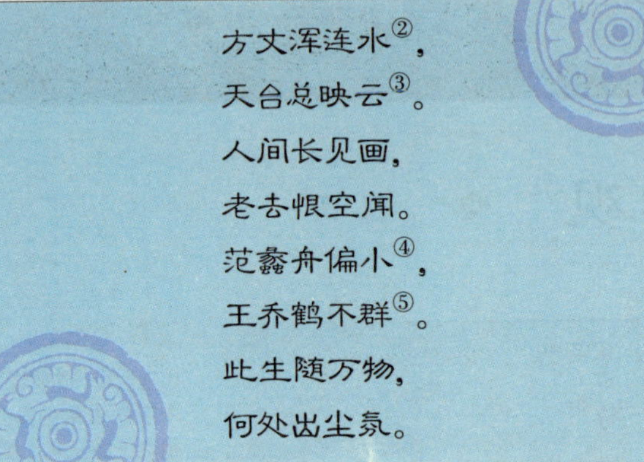

方丈浑连水[②]，
天台总映云[③]。
人间长见画，
老去恨空闻。
范蠡舟偏小[④]，
王乔鹤不群[⑤]。
此生随万物，
何处出尘氛。

注释

①李固：作者的友人。司马弟：指杜甫表弟王十五，因任司马之职，故称司马弟。
②方丈：传说中海上三座仙山之一。
③天台：即天台山，在今浙江省，为佛教天台宗的发源地。
④范蠡：春秋时越国大夫，助越王勾践灭吴后泛太湖而去。
⑤王乔：即王子乔。

## 译文

仙山方丈为茫茫海水所环绕，
巍巍天台总是笼罩层层彩云。
在人世间常常能见到这样的画面，
而老迈的我却只是空闻其名。
范蠡的船太小难容我同游，
王乔只有一只鹤不能载我飞升。
这一生只能随万物沉浮，
到哪里能跳出这尘俗气氛。

## 题解

此诗为题画诗。诗中描写了壮观的画境，赞美画师高超的技艺，同时抒发了作者对现实的无奈不满之情。

# 旅夜书怀

杜甫

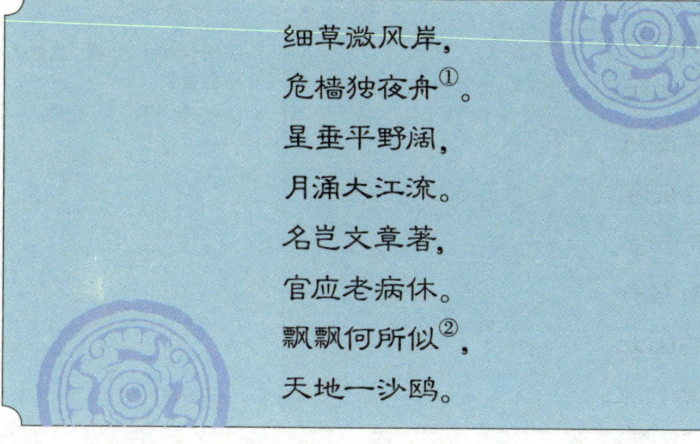

细草微风岸，
危樯独夜舟[①]。
星垂平野阔，
月涌大江流。
名岂文章著，
官应老病休。
飘飘何所似[②]，
天地一沙鸥。

注释 <<<

①危樯：高高的桅杆。
②飘飘：飘流不定，有“飘零”、“飘泊”意。

## 译文

江上微风吹拂着岸边细草，
深夜里停泊着高桅杆孤舟。
星光普照原野多么辽阔，
水中明月随着大江奔流。
名声岂能因为文章而昭著，
为官却应当因老病而罢休。
飘泊的生涯能和什么相似，
就像茫茫天地里一只沙鸥。

## 题解

此诗是诗人离开成都乘舟东去在旅途中所作，描写停舟旷野岸边所见江上夜景，抒发自己老病缠身抱负难申而流离飘泊的凄苦心情和郁愤。境界雄浑，含蓄深婉。

# 登岳阳楼　杜甫

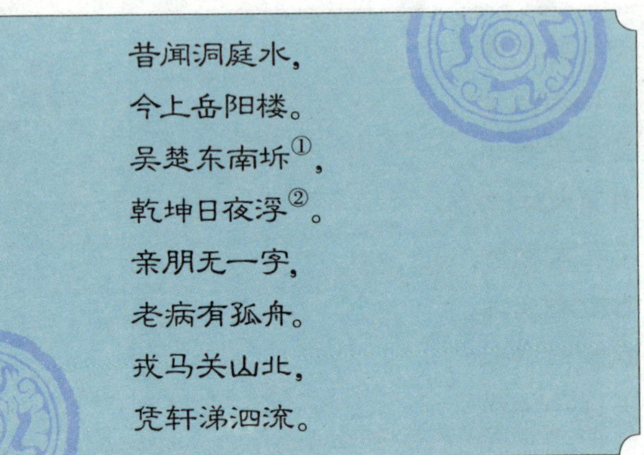

昔闻洞庭水，
今上岳阳楼。
吴楚东南坼[①]，
乾坤日夜浮[②]。
亲朋无一字，
老病有孤舟。
戎马关山北，
凭轩涕泗流。

**注释**

①坼(chè)：分裂，此处为分界意。
②乾坤：指日月、天地。

## 译文

从前就听人说过洞庭湖，
今天终于登上这岳阳楼。
吴楚被分割成东南两地，
天和地在这里日夜沉浮。
亲朋故旧没有一点音信，
年迈多病伴我只有孤舟。
北边关山战火至今未息，
靠着轩窗不禁热泪奔流。

## 题解

本诗描写岳阳楼分吴裂楚吞吐日月的浩渺壮阔景色，抒写作者身世飘零忧心国事的悲愤，壮丽的景色和作者广阔胸襟浑然交融，气象壮伟，意境深沉。岳阳楼，今湖南岳阳县西门城楼。

# 江南旅情

祖咏

楚山不可极①，
归路但萧条。
海色晴看雨，
江声夜听潮。
剑留南斗近，
书寄北风遥。
为报空潭橘②，
无媒寄洛桥③。

注释

①楚山：泛指江南之山。
②潭橘：昭潭一带所产桔子。
③洛桥：洛河上的天津桥，此代指故居洛阳。

## 译文

连绵的楚山望不到尽头，
蜿蜒的归路分外地萧条。
海色晴朗霎时又会下雨，
夜听涛声知道正在涨潮。
一剑飘零逗留在江南吴地，
想寄家书可惜路途遥遥。
告诉家人这里的橘子熟了，
只是没有办法回家乡洛桥。

## 题解

此诗为旅途抒怀之作。诗中描写旅途漂泊情景，抒写对家乡、亲人深深怀念之情。写景明丽，抒情细腻缠绵，真挚感人。

## 作者介绍

祖咏（690—746？），洛阳（今河南洛阳市）人。开元十二年（724）进士。有诗名，与王维交谊甚深，有诗唱和。王维《赠祖三咏》一诗说：“结交二十载，不得一日展。贫病子既深，契阔余不浅。”可见其一生困顿失意，仕途坎坷，生计维艰。其诗多写田园、隐居，风格接近王、孟诗派。个别诗篇也写得情调昂扬，气势豪放。

# 宿龙兴寺[1]　綦毋潜

香刹夜忘归[2]，
松清古殿扉。
灯明方丈室[3]，
珠系比丘衣[4]。
白日传心净，
青莲喻法微。
天花落不尽[5]，
处处鸟衔飞。

注释 <<<

①龙兴寺：在今湖南省零陵县西南。
②香刹：即佛寺，此指龙兴寺。
③方丈：佛寺的主持或长老的说法处。
④比丘：和尚。
⑤天花：此指佛经中天女散花故事。

## 译文

游览龙兴寺夜间忘了回归，
青青松枝轻拂古殿门扉。
通明的灯光辉映方丈净室，
串串佛珠系于比丘的僧衣。
传达阳光般的佛法令人心净，
青莲为喻说透佛理的精微。
天女散花纷纷扬扬飘落不尽，
处处都有鸟儿衔着花飞。

## 题解

此诗写诗人夜宿佛寺观感。诗中描写了佛寺环境的清幽静谧，抒写了作者对佛法的感悟，表现了作者高雅脱俗的情怀。

## 作者介绍

綦毋潜（生卒年不详），字孝通，荆南（今江苏宜兴市）人。开元十四年（726）举进士，授宜寿尉，后入集贤院待制，迁右拾遗，复授校书，终著作郎。安史之乱后，回乡归隐，与王维、李欣、韦应物等人有诗唱和。他的诗多写隐逸之情，清新秀丽，王维说他“盛得江左风，弥工建安体”。

# 题破山寺后禅院[1]

常建

清晨入古寺，
初日照高林。
曲径通幽处，
禅房花木深。
山光悦鸟性，
潭影空人心。
万籁此俱寂[2]，
惟闻钟磬音。

注释 <<<

①破山寺：即兴福寺。在今江苏省常熟市虞山北侧。

②万籁：大自然中各种声响。

## 译文

大清早进入古老寺院，
初升旭日映照高高树林。
弯曲小路通向幽深境地，
禅房前后花木繁茂缤纷。
山光明媚鸟儿欢悦飞翔，
潭水清澈令人爽神净心。
整个世界此刻都一片宁静，
只能听到敲钟击磬声音。

## 题解

此诗描写寺院晨景。表现禅寺的幽深境界、大自然宁静和谐之美和作者空澄清虚的心境。为古代山水诗名作。

## 作者介绍

常建（708—765？），开元十五年（727）举进士，曾为盱眙县尉。一生仕途不得意，故放浪琴酒，寄情山水。其诗多写山水田园，风格接近王、孟，但诗中也常抒写其愤激情怀。殷璠《河岳英灵集》评其诗为“属思既精，词亦警绝”。

# 题松汀驿[1] 张祜

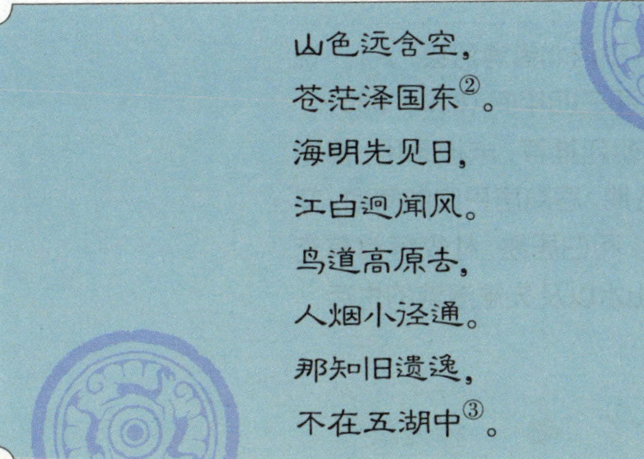

山色远含空，
苍茫泽国东[2]。
海明先见日，
江白迥闻风。
鸟道高原去，
人烟小径通。
那知旧遗逸，
不在五湖中[3]。

**注释 <<<**

①松汀驿：古驿名，在今江苏境内。
②泽国：江苏太湖及吴中一带地势低湿，故称。
③五湖：指太湖。

## 译文

葱茏的青山连接遥远天空，
东面的沼泽地烟雾朦胧。
明亮的海水托出一轮红日，
江上白浪滔天响起隆隆巨风。
鸟路随着高山蜿蜒而去，
飘烟的村落有条小路相通。
哪里知道我要寻找的隐居之人，
早已不在这太湖之中。

## 题解

此诗为诗人访友不遇后题壁之作。诗中对吴地空阔辽远天水相连的景色作了动人的描绘，抒写了访友不遇的惆怅之情。

## 作者介绍

张祜（？—859？），字承吉，清河（今河北省清河县）人，一说南阳（今河南省南阳市）人。唐文宗大和三四年间（829—830），曾受到天平节度使令狐楚的赏识，向朝廷推荐，未被录用，抑郁而归。从此仕途失意，漫游江淮以南各地，后隐居丹阳曲阿地，卒于大中年间。他在当时是很有诗名的，和白居易、杜牧等都有交往。其诗比较含蓄、小巧，多写宫怨和山水以及失意漫游的生活。

## 圣果寺① 释处默

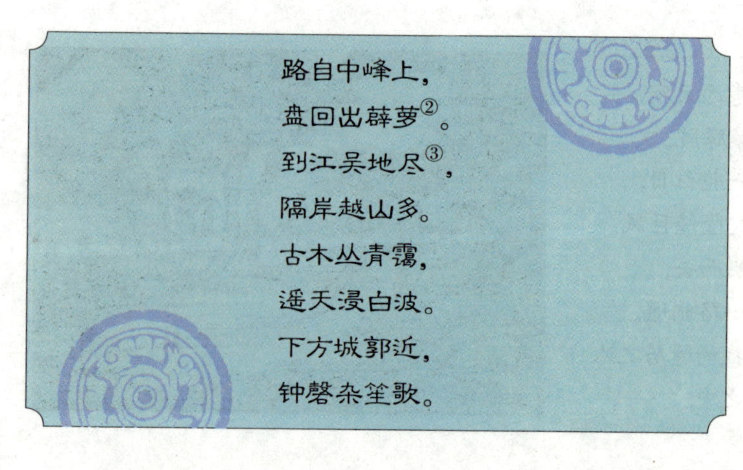

路自中峰上，
盘回出薜萝②。
到江吴地尽③，
隔岸越山多。
古木丛青霭，
遥天浸白波。
下方城郭近，
钟磬杂笙歌。

**注释 <<<**

①圣果寺：佛寺名，在杭州城南凤凰山上。
②薜萝：薜荔及女萝，两种攀援植物。
③江：指钱塘江。

## 译文

山路从中峰盘旋而上，
弯弯曲曲的小路长满薜萝。
吴地到了江边就是尽头，
隔岸的越地青山最多。
参天古木为烟霭笼罩，
遥远的天空白浪滔滔。
山下的城郭历历在目，
传来一阵阵钟磬笙歌。

## 题解

此诗运用白描手法，由远及近生动地描写了圣果寺幽深秀美的景色，诗中充满空灵之气，表现了虚静之美。

# 野望　王绩

东皋薄暮望[①]，
徙倚欲何依[②]。
树树皆秋色，
山山唯落晖。
牧人驱犊返，
猎马带禽归。
相顾无相识，
长歌怀采薇[③]。

注释

①东皋：山西省河津县的东皋村，诗人隐居的地方。
②徙倚：徘徊彷徨。
③采薇：此指周朝隐居首阳山靠采薇度日，不食周粟的伯夷、叔齐。

## 译文

傍晚在东皋原野上眺望，
心情彷徨郁闷孤独无依。
棵棵树木都镀上金黄秋色，
座座山峰全沐浴落日残晖。
牧人赶着牛群返回村里，
猎马带着猎物胜利回归。
顾盼过路行人没有一个相识，
只有悲歌吟唱古诗《采薇》。

## 题解

此诗是诗人隐居东皋村眺望山野感怀之作。诗中生动地描绘了山野秋暮景色，抒写了作者在隋末动乱时期彷徨孤独之情。

# 送著作佐郎崔融等从梁王东征①

陈子昂

金天方肃杀，
白露始专征。
王师非乐战，
之子慎佳兵。
海气侵南部，
边风扫北平。
莫卖卢龙塞②，
归邀麟阁名③。

注释 <<<

①东征：指东征契丹。
②卢龙塞：在今河北省喜峰口附近，为古代通往东北的交通要道，军事要塞。
③麟阁：即麒麟阁，汉宣帝时立，为功臣画像于其上表彰其功勋。

## 译文

深秋时节天气萧瑟寒凉，
白露之后朝庭开始出征。
天朝的军队并非好战之师，
诸位将帅一定要谨慎用兵。
契丹气焰嚣张侵我南疆，
又像狂风般骚扰北平郡。
决不能丢失守地卢龙塞，
凯旋归来在麒麟阁留下英名。

## 题解

此诗为送崔融随梁王武三思东征而作。诗中表明了诗人对战争的态度，勉励崔融奋勇杀敌，表现了真挚的情谊。

# 携妓纳凉晚际遇雨 二首 杜甫

## （其一）

落日放船好，
轻风生浪迟。
竹深留客处，
荷净纳凉时。
公子调冰水，
佳人雪藕丝。
片云头上黑，
应是雨催诗。

## 译文

太阳落山正是放船乘凉好时光，
轻风扑面水面生起层层细浪。
竹林深处适宜留客共饮，
荷花丛中最好休憩纳凉。
公子哥用冰调制冷水解暑，
美佳人端来白藕丝细细品尝。
忽然一大片乌云遮在头上，
应是暮雨催我把新诗吟唱。

## 题解

这首诗写下雨前出游纳凉情景，按时间地点描写公子佳人纳凉的场面，表现贵族公子的享乐生活。是盛唐末期社会生活的剪影。

### (其二)

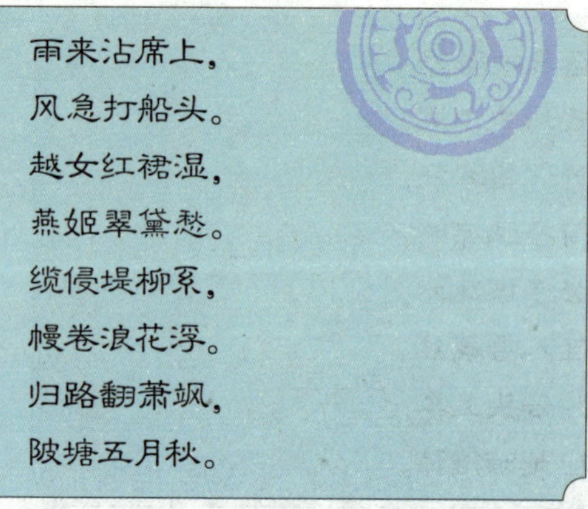

雨来沾席上，
风急打船头。
越女红裙湿，
燕姬翠黛愁。
缆侵堤柳系，
幔卷浪花浮。
归路翻萧飒，
陂塘五月秋。

## 译文

雨水下落打湿了座席，
风急浪大拍击着船头。
越地的歌妓淋湿了红裙，
燕地的美女愁满眉梢。
游船靠岸缆绳系于柳树，
布幔翻卷在波浪中飘浮。
归来的路上一派萧瑟景色，
陂塘的五月就已是凉秋。

## 题解

这首诗写雨中和回归时的情景，写出一片狼狈景象，描绘真实生动。调侃戏谑的笔调，自有一番风趣。

# 宿云门寺阁[①] 孙逖

香阁东山下，
烟花象外幽[②]。
悬灯千嶂夕，
卷幔五湖秋。
画壁余鸿雁，
纱窗宿斗牛。
更疑天路近，
梦与白云游。

注释 <<<

①云门寺：佛寺名，在浙江省绍兴的云门山。
②象外：物象之外，尘俗之外。

## 译文

云门寺坐落在东山脚下，
烟雾缭绕山花盛开分外清幽。
晚上悬灯映照千山万壑，
山风吹卷帐幔五湖已是清秋。
寺中壁画只残留几只鸿雁，
睡在纱窗下可见天上斗牛。
更怀疑上天的路近在眼前，
我梦见驾着白云在天穹遨游。

## 题解

此诗写夜宿佛寺观感。诗中描写了佛寺依山临水恢宏高峻的气势，表现了佛寺超然世外的特色。

# 秋登宣城谢朓北楼[1]

李白

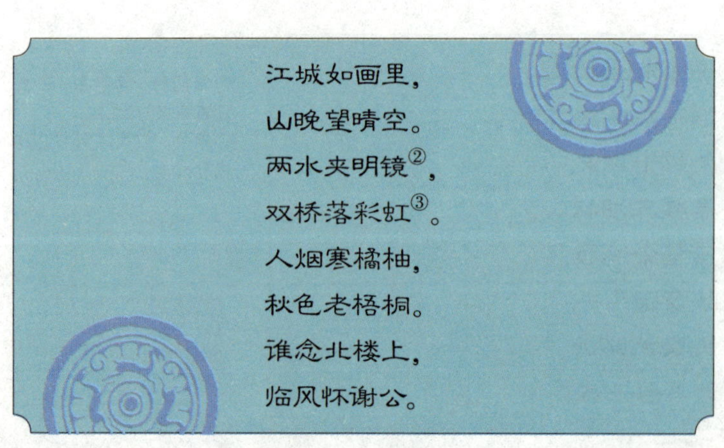

江城如画里，
山晚望晴空。
两水夹明镜[2]，
双桥落彩虹[3]。
人烟寒橘柚，
秋色老梧桐。
谁念北楼上，
临风怀谢公。

注释 <<<

①宣城：地名，今安徽省宣州市。谢朓北楼：在安徽省宣城县阳陵山顶。是谢朓任宣城太守时作。
②两水：指环绕宣城的宛溪、句溪。
③双桥：指宛溪上的凤凰、济川二桥。

## 译文

美丽的江城如在画图里，
傍晚在山间瞭望万里晴空。
两条江水清澈似镜绕城奔流，
一对拱桥有如天上飘落彩虹。
炊烟缭绕经霜柑柚已红透，
秋色萧瑟老梧桐落叶飘零。
有谁知道我独在北楼上，
面对秋风深情怀念谢公。

## 题解

此诗是诗人来到安徽宣城登上谢朓所建北楼抒感之作。诗中描写了登楼所见美丽景色，表现了诗人对南齐诗人谢朓深深怀念之情。景情交融，含蓄隽永。

# 临洞庭上张丞相

孟浩然

八月湖水平，
涵虚混太清①。
气蒸云梦泽②，
波撼岳阳城。
欲济无舟楫，
端居耻圣明。
坐观垂钓者，
徒有羡鱼情。

注释 <<<

①涵虚：指湖水澄澈空明。太清：天空。
②云梦泽：古代云梦泽包括今湖北省南部、湖南省北部一带低洼之地。后来大部分淤成陆地。

## 译文

八月湖水上涨与岸齐平，
空明清澈蓝天碧水难分。
云梦泽上雾气弥漫蒸腾，
波涛澎湃摇撼岳阳古城。
想要渡江可惜没有船只，
闲居隐卧有愧英明朝廷。
坐看江上垂竿钓鱼的人，
自己是空有羡慕的心情。

## 题解

此诗从大处落笔，通过浩瀚的湖水，蒸腾的水汽，澎湃的波涛，水天一色的景色，表现了洞庭湖汪洋壮阔，气势磅礴，格调雄浑。

# 过香积寺[1]　王 维

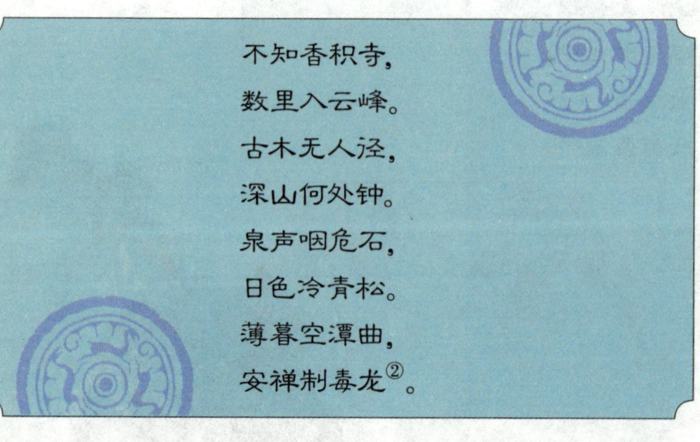

不知香积寺，
数里入云峰。
古木无人迳，
深山何处钟。
泉声咽危石，
日色冷青松。
薄暮空潭曲，
安禅制毒龙[2]。

**注释** <<<

①香积寺：故址在今陕西省安南县。

②安禅：指身心进入禅定境界。毒龙：喻指欲念、世俗钻营机巧之心。

## 译文

不知道香积寺在什么地方，
攀登好几里才登上了云峰。
古木参天没有人行的道路，
深山里何处传来悠悠钟声。
引山中泉水流过危石响声幽咽，
林中日照青松冷意森森。
暮色苍茫深潭幽寂空静，
安然修禅练功制服毒龙。

## 题解

此篇是写佛寺的名作。诗中描写了深山古寺幽深清冷的景色，抒写诗人消除世俗杂念安心修禅的心愿。

# 送郑侍御谪闽中[1]

高适

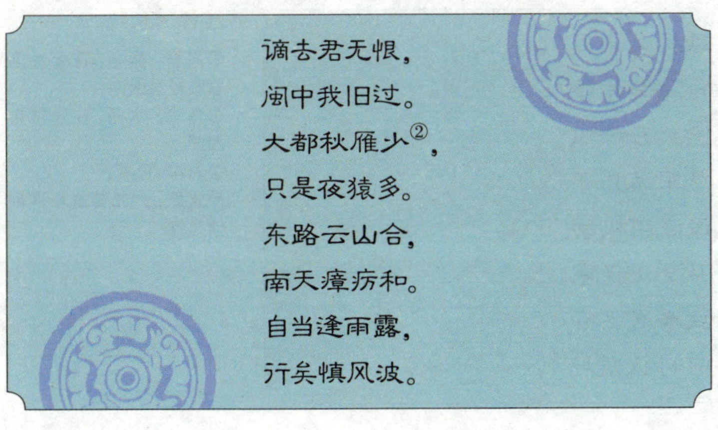

谪去君无恨，
闽中我旧过。
大都秋雁少[2]，
只是夜猿多。
东路云山合，
南天瘴疠和。
自当逢雨露，
行矣慎风波。

注释

①郑侍御：诗人朋友。侍御：官名。闽中：今福建省福州一带。
②大都：大概。

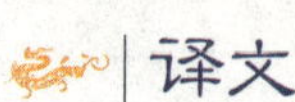

## 译文

你被贬谪不必要怨恨，
闽中那地区我曾经去过。
那里的秋天一般鸿雁少，
只是在晚上猿猴较多。
东去的路上山高雾绕，
南方的山林瘴疠温疫肆虐。
以后你一定会得到皇上恩泽，
流放路上你要小心防避风波。

## 题解

此诗为送别被贬友人而作。诗中向友人介绍友人所去地方的景色和情况，对友人的被贬给与安慰，表现了真挚的情谊。

# 秦州杂诗

杜甫

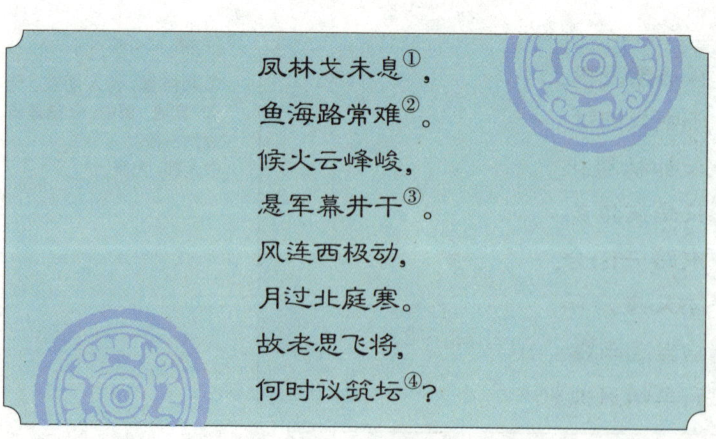

凤林戈未息①，
鱼海路常难②。
候火云峰峻，
悬军幕井干③。
风连西极动，
月过北庭寒。
故老思飞将，
何时议筑坛④？

注释<<<

①凤林：县名，在今甘肃省临夏县西南。
②鱼海：水名。在今甘肃西部。
③悬军：孤军。
④筑坛：刘邦曾筑坛拜韩信为将。

## 译文

凤林关一带干戈没有停息，
通往渔海的道路坎坷艰难。
烽烟滚滚如险峻的云峰，
孤军熬战井水已经枯干。
边风猛烈震撼西部山地，
月亮掠过北疆天气严寒。
老人们思念飞将军李广，
不知何时才商议拜将筑坛？

## 题解

此诗为作者远游秦州时作。诗中叙述了边境战乱情景，抒写了作者对国事的忧虑和希望朝廷平靖边难的期望。情调沉郁悲凉。

# 禹庙

杜甫

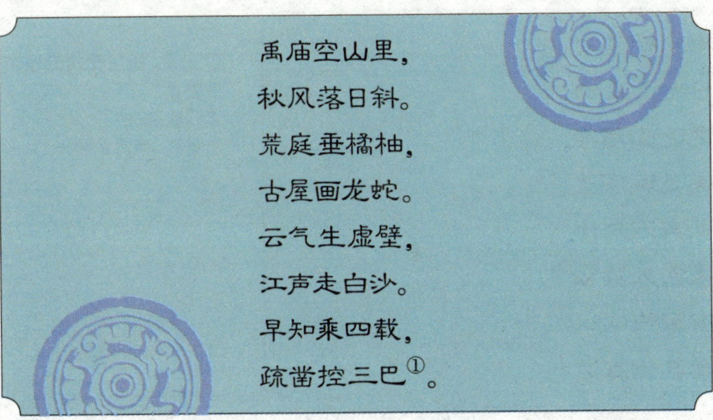

禹庙空山里，
秋风落日斜。
荒庭垂橘柚，
古屋画龙蛇。
云气生虚壁，
江声走白沙。
早知乘四载，
疏凿控三巴①。

注释 <<<

①三巴：指古时巴郡、巴西郡、巴东郡。

## 译文

古老禹王庙坐落于空山中，
斜阳残照伴随萧萧秋风。
荒芜的庭院挂满橘子柚子，
古屋的墙上还画着虫鱼蛇龙。
云气喷薄于江边峭壁，
白沙道边江涛奔腾汹涌。
早就知道大禹乘着四种交通工具，
开凿河道将长江水流疏通。

## 题解

此诗咏禹庙。诗中描写禹庙秋日景色，赞颂古代治水英雄大禹的不朽功德。景情交融，用典自然。《诗薮》评此诗说：“‘荒庭垂桔柚，古屋画龙蛇。’杜诗用事入化处。然不作用事看，则古庙之荒凉，壁画之飞动，亦更无人可著语，此老杜千古绝技，未易追也。”

# 望秦川 李颀

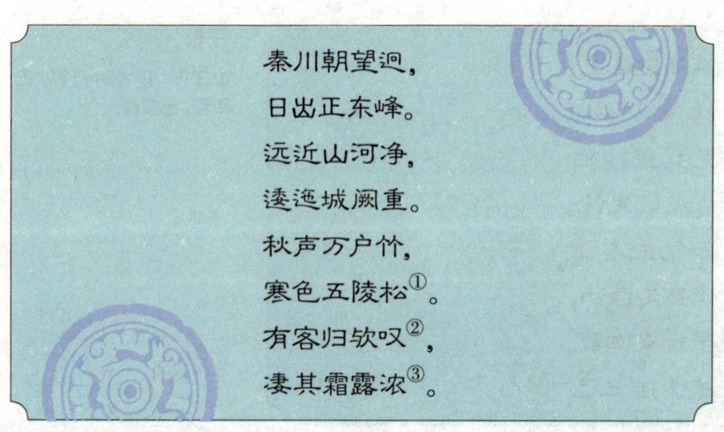
秦川朝望迥，
日出正东峰。
远近山河净，
逶迤城阙重。
秋声万户竹，
寒色五陵松①。
有客归欤叹②，
凄其霜露浓③。

注释

①五陵：指汉代的五座帝王陵墓。
②归欤：归去。
③凄其：寒冷的样子。

## 译文

早上启程远望秦川大地，
旭日在东面的山峰升起。
远近的山河都是那般明净，
重重叠叠的城阙连绵逶迤。
秋风摇曳千家万户的竹子，
五陵的古松在寒风中颤栗。
游子不由得发出思乡的感叹，
满地的白霜让人倍感悲凄。

## 题解

此诗是诗人从长安失意回归在途中抒感之作。诗中描写了途中所见秋风萧瑟满地白霜的凄清景色，含蓄地抒发失意苦闷情怀。

# 同王征君洞庭有怀

张谓

八月洞庭秋，
潇湘水北流。
还家万里梦，
为客五更愁。
不用开书帙[①]，
偏宜上酒楼。
故人京洛满[②]，
何日复同游？

注释 <<<

①书帙：装书用的套子。此代指书。
②京洛：指长安和洛阳。

## 译文

洞庭的八月金秋季节，
潇水和湘水向北奔流。
梦中回到了万里外的家园，
客居他乡五更夜心生忧愁。
用不着打开书套读书，
只想独自饮酒登上酒楼。
朋友们大多住在长安和洛阳，
何时才能和他们一起欢游？

## 题解

此诗是诗人与友人王征泛游洞庭时作。诗中抒写去年飘泊在外久不回归怀友思乡之情。文字通俗，不事雕琢，清新自然。

# 渡扬子江　丁仙芝

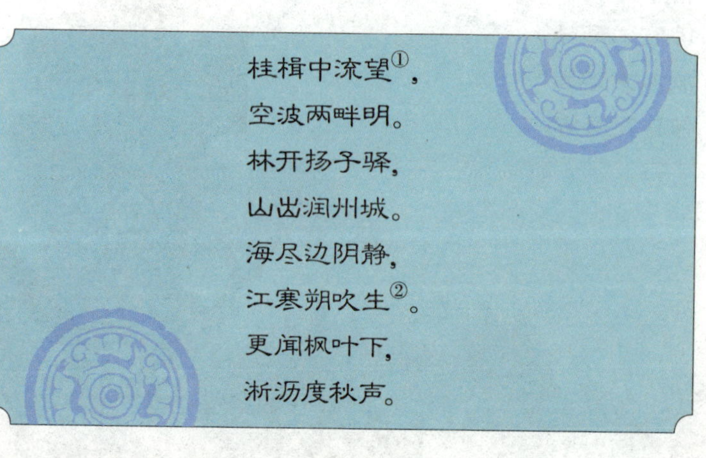

桂楫中流望[①]，
空波两畔明。
林开扬子驿，
山出润州城。
海尽边阴静，
江寒朔吹生[②]。
更闻枫叶下，
淅沥度秋声。

注释

①桂楫：用桂树做的船桨，代指船。
②朔吹：北风。

## 译文

乘船在江心四处眺望，
两岸被天光波影映得通明。
树林开阔地显出扬子驿，
巍巍青山前便是润州城。
江尽头入海处平静阴凉，
北风吹过水面寒意森森。
更听到枫叶不停地飘落，
淅淅沥沥响起一片秋声。

## 题解

此诗写渡江所见景色，以“望”引领全篇，描写了一幅晚秋叶落寒生的江野图。写景如绘，是不可多得的写景佳作。

# 幽州夜饮　张说

凉风吹夜雨，
萧瑟动寒林。
正有高堂宴，
能忘迟暮心。
军中宜剑舞，
塞上重笳音。
不作边城将，
谁知恩遇深。

## 译文

阵阵凉风吹来绵绵夜雨，
萧瑟的秋声震动着寒林。
高堂上正举行盛大的宴会，
让人暂时忘掉迟暮之心。
军中宴乐适宜舞剑助兴，
边塞的音乐最好的是笳音。
如果我不做这边城将领，
怎么能体会皇上恩遇之深？

## 题解

此诗是作者任幽州都督时作。诗中描写军营夜宴情景，含蓄地抒写了被贬边地的愁闷之情。